追放令息のゆるり辺境山暮らし

～未開の山奥に飛ばされましたが、万能スキル【アイテム錬成】で開拓したら、理想の領地になりました～

ぼっち猫 illust. Ruien

CHARACTERS

リース
ブラック企業で上司にパワハラされる日々を送っていたが、ある日ブロンドール伯爵家三男として転生。
スキル【アイテム錬成】を駆使し、自由気ままな山暮らしを謳歌する。
オコジョル
オコジョのような見た目の魔物。
リースに懐いており、山の様々な場所へ案内してくれる。
スイ
元奴隷でブロンドール家に買われたメイド。
リースをとても慕っている。
スキル【鑑定眼】を使用できる。

シャイネス・シルティア
上位貴族の辺境伯爵。
貴族でありながら黒髪を差別しない
良識を持ち、領民とも良好な関係を
築いている。
レオ
闇奴隷の青年。魔物に襲われて
いたところをリースに救われ、
生涯忠誠を誓っている。

「――スイ、あれ見て！ すごい大きな木がある！」
「本当、とても立派な木ですね。神々しささえ感じます」

追放令息のゆるり辺境山暮らし

~未開の山奥に飛ばされましたが、万能スキル【アイテム錬成】で開拓したら、理想の領地になりました~

ぼっち猫

illust.
Ruien

目次

第一章　追放されて、山の所有者になった

一瞬、自分になにが起きたのか理解できなかった。

そしてしばらくして、僕は真っ暗な部屋の中へ突き飛ばされ、閉じ込められたのだと気づく。

「――だ、出してください父上！」

部屋は地下室の1つで窓がなく、灯りも一切灯っていない。

いったい、僕になにをしようというのか。

慌ててドアを開けようとしたが、施錠してあるのかびくともしなかった。

力いっぱいドアを叩いてみるも、外にいるはずの父上は無反応だ。

「り、リース様……」

「スイ!?　スイも閉じ込められたの!?」

ここは、アトラティア王国にあるブロンドール伯爵邸。

つまり僕、リースハルト・ブロンドールの実家だ。

僕は今、父であるブロンドール伯爵ガイナスに呼び出され、言われるままについていった結果、なぜか地下室へ閉じ込められている。

しかも、僕の世話係をしているメイドのスイも一緒に。

第一章　追放されて、山の所有者になった

スイまで閉じ込めるなんて、さすがにあんまりだ。

「時間がもったいないから単刀直入に言おう。リースハルト、おまえをブロンドール家から勘当のうえ、この領から永久追放とする」

勘当を告げた父ガイナス・ブロンドールの声色から、これが決定事項で覆ることのない現実だと伝わってきた。

――いつかこうなるとは思ってたけど、ついにこの日がやってきたか。

そう、僕は父上に忌み嫌われ、疎まれている。

父上だけじゃない。義理の母であるエヴィノア、腹違いの兄であるレイノスとヴィレク、さらにはこの屋敷の使用人にとっても、黒髪と黒い瞳を持つ僕は邪魔な存在でしかない。

実母が何者かに毒殺されて以降、僕の味方はスイだけだ。

「だ、旦那様、お待ちください！　リースハルト様はまだ5歳です。どうか、どうかお考え直しくださいませ！」

スイは黙り込む僕の代わりに、震える声で必死に父上へ訴えかける。

平民――いや、元奴隷でブロンドール家に買われた立場のスイにとって、伯爵家当主である父上に逆らうことがどれほど危険か、本人も知らないわけではないだろうに。

「す、スイ……。ありがとう。でももう――」

父上は、僕をこの家からも領からも追放するつもりなのだ。

実の親に売られた結果ここにいる、行き場のないスイをこの騒動に巻き込むわけにはいかない。そう思ったが。

「――スイといったか。おまえはリースハルトを心から慕っているらしいな。それなら、おまえが守ってやるといい」

「ち、父上？　それはどういう――」

「黒髪の落ちこぼれと役立たずの平民で、せいぜい仲良く野垂れ死ぬんだな。――おい、さっさと始めろ」

父上の含みのある物言いに、僕はゾッと背筋が凍るような恐怖を感じた。

追放と言いながら、僕とスイを地下室に閉じ込めていることも気になる。

というか、「さっさと始めろ」ってなにを⁉

「承知いたしました」

「ち、父上⁉　待ってください。いったいなにを――」

ドアの向こうから、複数人の魔法を詠唱する声が聞こえ始める。

しばらくすると、部屋の床一面に紫色の魔法陣が浮かび上がった。

くっ――なんだよこれ。こんなものが仕組まれていたなんて！

部屋からの脱出を試みるも、ドアは変わらず固く閉ざされていて、まだ幼い僕の力では到底開けられない。

光は次第に強くなり、時空が歪《ゆが》むようにぐらぐらと視界が揺れ始めて――。

――ああ、これダメなやつだ。僕のせいでスイまで……ごめんなさい……。

そこまで考えたところで耐えきれなくなり、僕の意識は途切れた。

◇◇◇

「ん……んん……？」

意識が戻って目を開けると、風でざわめく生い茂った木々の葉、そしてその隙間からこぼれる陽の光が視界に入った。

――生い茂った木々と陽の光⁉

たしか僕とスイは、さっきまで真っ暗な地下室に閉じ込められていたはずだよな？

「ん……」

「スイ！　大丈夫⁉」

「り、リース様！　私は平気です。リース様は、お怪我《けが》などありませんか？」

「よかった。僕は大丈夫だよ」

僕とスイは立ち上がり、周囲を見回して、それから呆然《ぼうぜん》と言葉を失う。

「ここはいったい……？」

「分からない。でも恐らく、父上が部下になにか命じて僕たちを――」

父上は、僕をブロンドール家から勘当し、永久に追放すると言った。

それから「せいぜい仲良く野垂れ死ぬんだな」とかなんとか言ったあと、なんらかの詠唱が聞こえ始めて、部屋に仕掛けられていた魔法陣が光り始めた――までは覚えている。

「巻き込んでごめん。僕のせいでこんなことに……」

「そんな！　リース様は悪くありません！　でも私たち、このままでは……」

「あの状態から生きてるってことは、どこかへ強制転移させられたんじゃないかと思うんだ。多分だけど」

父上は外面がよく、貴族としての世間体や周囲からの評価を気にするタイプの人だ。

だからたとえ黒髪であっても妾の子であっても、僕が実の息子である以上、見捨てて追放したなんて家の者以外に知られたくないだろう。

きっと、事故か病気で死んだことにするはず。僕が生き残るような甘い策は講じない。

つまり、ここはブロンドール領から遠く離れた辺境の地で、しかも魔獣が跋扈《ばっこ》しているような相当危険な場所である可能性が高い。

――と考えると、シルティア辺境伯領の近くにある、あの前人未到と言われている山か？

シルティア辺境伯領は、ブロンドール領よりも王都から離れた場所にある。

その北方には危険な魔物が生息している前人未到の山がそびえていて、シルティア辺境伯領はその魔物から国を守る重要な防衛線となっている――と学んだ記憶があった。

シルティア卿――一度しかお会いしたことないけど、高貴な身分でありながら、僕みたいな黒髪の異端児にも優しい目を向けてくださるいい人だったな。

――って、今はそんなことを考えてる場合じゃない！

「人里離れた山奥みたいだし、僕の勘が正しければ、危険な魔物がいるかも」

まったく本当に、どこまでも悪趣味な一族だよな。

今ごろ、僕とスイが恐怖に怯えているのを想像して笑っているのだろう。

「ま、魔物⁉　そんな……」

生まれが平民で魔力を持たないスイは、ガクガクと震え、怯えながら周囲を警戒している。

このアトラティア王国では、美しい金髪と高い魔力を有していることが「神に選ばれし存在」――つまり貴族である証とされているらしい。

ブロンドール一族も例外ではなく、平民との間に生まれた妾の子である僕以外は皆、美しい金髪と高い魔力を持っている。

ちなみに平民は、茶色い髪と茶色い瞳であることが一般的で、魔力適性自体ない場合がほとんどだ。スイも例外ではない。

――でも僕は、ブロンドール家から追放されたことを悲観などしていない。

むしろ、あの居心地の悪い家から解放されてラッキーだとさえ思っている。

思ったより時期が早かったことと、スイが巻き込まれてしまったことは想定外だったけど。

というのも、実は僕には奥山陽翔《おくやまはると》という、30歳日本人としての記憶がある。

いわゆる「異世界転生者」というやつだ。

そしてさらに、リースハルトとしての実の母であるリィアが毒殺された日——僕が3歳のときに、僕だけにしか見えないステータス画面と2つのスキルを授かっている。

この力のことは一度も誰にも話していないし、万が一にも家族にバレないよう、スキルにいたっては使ったことすらないけど。

でも多分、きっと僕の助けになってくれるはず！

「スイ、スイのことは必ず僕が守る。そしていつか、安心して暮らせる場所を見つけるって約束する。だから今は、僕を信じてついてきてくれる？」

「そ、それはもちろんです。私は生涯をリース様に捧げると誓っております。ですが恐れながら、リース様はまだ5歳です。お屋敷からも出たことがありません。お気持ちは大変嬉しいのですが、今は——」

スイがそこまで話したところで、突然強い風が吹き、木々が激しくざわめいて、山がグラグラと大きく揺れ始めた。

「なっ——地震⁉」

「きゃあっ⁉」

僕は片膝をつき、倒れないようバランスを取る。

ただ揺れているというより、山が僕に反応しているような奇妙な感覚だ。

自分と山が一体化しているような、そんな重だるさも感じる。

な、なんだ……？　身体が重いし気持ち悪い……。

「り、リース様、わ、私がお守りいたしますので――！」

スイはそう言って、震えながら僕に抱きついてくる。

スイ自身も１３歳の幼い女の子だし、怖いに決まっているのに。

でも本当に、ただの地震じゃないよな。

身体の中をなにかが這《は》い回る感覚とめまいで、意識が持っていかれそうになる。

もしかして、父上の企みはまだ続いているのか？

逃れられたと思ったけど、僕たちここで殺されるのかな……。


そう思ったが、しばらくすると、風も揺れも何事もなかったかのように収まった。

同時に、重だるさと吐き気もスゥッと消えていく。

だが今度は、頭に聞いたことのない機械的な音声が響いてきた。

『リースハルト様が、この山の所有者として登録されます。登録にあたって、山に名前をつけてください』

んんんんんんんんん⁉

な、なんだこの音声⁉　それに、山の所有者ってどういう……。

『この地に最初に足を踏み入れ、かつ山に認められた者が所有者となります』

「や、山に認められた者……？」

なるほど分からん。

けどこれは、一応助かった、のか……？

「リース様？　どうされたんですか？」

「今、山に名前をつけろって声が聞こえて――」

「声、ですか？　私にはなにも……」

どうやらこの声は、僕にしか聞こえていないらしい。

というか山に名前って、突然そんなこと言われてもな……。

「スイ、この山につける名前、なにかいい案ないかな」

「恐れながら、お名前はリース様がつけられたほうがよいのではないでしょうか？　その声を聞いているのはリース様だけですし……」

「うーん……」

恐らく当分は、この山が僕たちの拠点となる。

それなら安心できそうな、強さを感じる名前がいいよな。

「よし、決めた！　じゃあ『シタデル山《さん》』で！」

『承知いたしました。この山を〈シタデル山〉として登録します。また、所有者登録によりリースハルト様の魔力量が引き上げられ、全属性使用可能となります。さらにスキル【神の祝福】により、山の力が底上げされました』

「リース様、シタデルとはどういう意味なのでしょうか？」

「城塞って意味の言葉だよ。この山が僕たちを守ってくれると信じて、この名前にしてみた」

「城塞……！　なんだかかっこいいですね！　素敵です！」

どうやらスイも気に入ってくれたらしい。よかった。

「ところでその……声はいったいどなたのものなのでしょうか？」

「それは僕にも分からないんだ。でも、ええと……なにから話せばいいのかな……」

僕はスイに、僕しか見ることのできないステータス画面があること、スキルという魔法とは別の特殊能力を持っていること、たった今山の所有者として登録されたらしいことを伝えた。

さすがに転生者であることは伏せたけど。

5歳だと思って接していた相手の中身が実は30歳の男だったなんて、気持ち悪いと嫌がられてしまうかもしれない。

これからこの状況を打開しないといけない中で、気まずい雰囲気になるのは避けたかった。

「……す、ステータス画面……特殊能力……山の所有者……」

「……こんなこと、急に言われても困るよね。ごめん。でも、信じてもらえなくてもスイには話しておきたかったんだ」

僕がそう言って謝ると、ハッとした様子でふるふると首を横に振り、まっすぐな眼差《まなざ》しをこちらへ向けた。

「そんなことないです！　すごすぎてびっくりしてしまいましたが、私は信じます。リース様がそんな嘘《うそ》をつくわけないですから！」

「……そっか、信じてくれて嬉しいよ。ありがとう」

「こちらこそ、そんな大事なことを話してくださってありがとうございます！」

スイは頭を下げ、それから僕を見て微笑《ほほえ》んだ。

ああ、本当に、こんなことを思っちゃいけないんだろうけど。

一緒に飛ばされたのがスイで本当によかった……。

この子だけは絶対に守らないといけないな。

「――そういえば、スイはスキルって聞いたことある？」

「いえ。すみません、聞いたことないです……」

やっぱりそうか。

父上や母上、兄上たちからも、スキルの話なんて聞いたことがなかった。

マウント大好きなブロンドール家のみんながスキルを所持していたとするなら、僕がそれを聞いていないのはおかしい。

　つまりこの力はきっと、普通の人にはない特別なものなのだろう。

「スイ、今話したことは、僕たちだけの秘密にしてほしい」

「は、はい。分かりました。誰にも言いません」

「ありがとう、助かるよ」

　僕の持つステータス画面やスキルが希少な力だと仮定すると、誰かに知られれば危険な目に遭《あ》う可能性が高い。特にスキルは、悪用を目論む人間も現れるだろう。

　まあ、こんな場所に放り出されて人に出会えればの話だけど！！

『――登録が完了いたしました。また、スイ様がリースハルト様の眷属《けんぞく》として登録されました。これにより、スイ様にスキル【鑑定眼】が付与されます』

「えっ!?」

「こ、今度はどうされました？」

「いや……えっと……スイが僕の眷属として登録されちゃった……」

「眷属……」

　スイはきょとんとし、驚いた様子で固まっている。

「ご、ごめんね！　でも僕の意思じゃなくて、声が勝手に――」

「眷属……リース様の眷属……！　私、これから眷属なんですね！」

なんかスイ、すごく嬉しそう⁉

スイは頬《ほお》を紅潮させ、口元を両手で覆って、「わあ！」とか「すごいです」とか言いながら感動している。なぜだ。

「えっ、あ、うん……。声によるとそうみたいだけど、スイはそれでいいの？」

「もちろんです！　リースハルト様の眷属……ふふっ♪」

この子、眷属の意味分かって喜んでるのかな……。でもまあ、とりあえず今はいっか。

「それでね、スイに【鑑定眼】っていうスキルが付与されたらしいよ」

「わ、私に、ですか⁉　私のような下賤の者にそんなこと、あり得るのでしょうか……」

ちなみに僕が所持しているスキルは、【神の祝福】と【アイテム錬成】。

1つめの【神の祝福】は、僕の管轄だと判断された一定の範囲に何らかの恩恵をもたらしてくれるものらしい。ステータス画面の説明欄には、意図的に止めない限りは自動的に常時発動し続けると書かれている。

そして2つめの【アイテム錬成】は、名前の通りアイテムを錬成できるスキル。ただし「錬成」とある通り、無からなにかを生み出せるわけではなく、あくまで素材を掛け合わせることでアイテムを作ることができる、というもののようだ。

——これにスイの【鑑定眼】がプラスされたら、僕たちけっこう最強では⁉

しかも、なんか謎の声がガイド役までしてくれるし！

よく分からないけど、ありがとう声の主——なんて思っていたが。

『わたくしからの説明は以上となります。以降は、所有者であるリースハルト様へ、シタデル山におけるすべての所有権を含む権限が譲渡されます。それでは、よき山暮らしを』

「えっ、ちょっ——音声さん!?」

一方的にあれこれ説明した音声は、それ以降何度呼びかけても応答しなくなってしまった。

ここから先は、自力で頑張れってことか。

「リース様、大丈夫ですか？」

「ああ、うん。でも音声ガイドに頼れるのはここまでらしい。……とりあえず、そろそろ少し歩いてみようか。陽が沈むまでに寝られる場所を見つけたいし、食べ物も確保しないといけないしね」

周囲は見渡す限り草木や岩ばかりだし、この状況を打開しなければ本当に野垂れ死んでしまうかもしれない。

せっかく自由を手に入れたのに、こんなところで死ぬなんて絶対にごめんだ。

「そうですね。暗くなると魔物も活発になると聞きますし、急ぎましょう」

僕とスイは、綺麗《きれい》な水を求めて山を登ってみることにした。

僕は元々、水魔法と風魔法の適性を持っている。

だから2人分の飲み水くらいなら僕の魔法で賄《まかな》えると思うけど、でも生活していくことを考えると、綺麗な水は豊富にあったほうがいい。

それに、上に行けば周囲の様子が見下ろせるかもしれない。

ここがいったいどこなのか、周囲になにがあるのか、少しでも情報がほしかった。

「リース様、足下が悪いのでお気をつけください」

「ありがとう。スイも気をつけてね」

地面は岩だらけで苔《こけ》に覆われている部分も多く、そうした場所は滑りやすい。

おまけに太い木の根が張り出し、草木が所構わず生い茂っている。

道なんてものはないに等しかった。

山道って、思った以上に歩きづらいんだな……。


「……す、スイ、ちょっと休憩しよう」

過酷な道を歩き続けたことで、自分の熱気で頭がぼーっとしてきた。

このままでは事故に繋《つな》がりかねない。

僕とスイは、比較的大きな木の根元に腰を下ろし、一息つくことにした。

道は悪いが空気は澄んでいて、深呼吸をするごとに身体が浄化されていく気がする。

風が吹くと、木々の隙間からこぼれる光が地面を彩り美しい。

——とはいえ、汗をかいて体力を消耗していることに変わりはなく。

「喉が渇いた……。なにがあるか分からないし、あまり魔力を消費したくないけど……でも水分補給は大事だよね。――そうだ、せっかくだしあれを試してみよう！」

「あれ、とは？」

「いいから見てて！」

僕はそこらへんに落ちていた木の枝を拾い集め、一か所にまとめる。

そして「スキル【アイテム錬成】！」と唱えてみた。

すると集めた枝が光り始め、形を変え、木製のカップが２つ完成した。

「で、できたあああああああ！」

「す、すごいです……！　これがスキルの力なんですね⁉」

生み出された木のカップは仕上がりも滑らかで、高級感すら漂わせている。

恐らく、前世で見た市販の木製カップをイメージしたためだろう。

取っ手もついていて、とても使いやすそうだ。

「あとはこれに、水魔法で水を――」

僕は錬成した２つのカップを並べてそれぞれに左右の手のひらをかざし、力を集中させて冷たい水をイメージした。

手のひらから小さな水球が生まれ、そこからカップに水が注がれていく。

そしてここで、魔力量が増えた影響なのか、魔法を使う際の負担が以前より圧倒的に少ないことに気がついた。

——これは、思った以上に魔力量が底上げされているのでは？

「はいこれ、スイの分」

「ありがとうございますっ！　いただきます！」

片方をスイに渡し、自分もカップに口をつける。

ゴクッゴクッゴクッゴクッ……。

ひんやりと冷たく清らかな水が、喉を通るたびに体内の熱を溶かしていく。

「——っぷはーっ！　うまいっ！　生き返るううう！」

「本当、冷たくてとってもおいしいです。身体が内側から浄化されていくみたい」

「よかった。喉が渇いたら遠慮なく言ってね。魔力量、思った以上に増えてるみたい」

試しにステータス画面を確認すると、元々50しかなかった魔力量——MPが、なんと300になっていた。

「魔力量、300に増えてる。元々50くらいしかなかったはずなのに……」

「基準が分かりませんがだいぶ増えましたね!?　すごいです！」

僕以外の人にはステータス画面が存在しないため、ブロンドール家のみんなの魔力がどれほどのものだったのかは分からないが、これは負けず劣らずくらいになったのでは!?

「どうりで魔法を使っても疲れないわけだ。——というわけだからスイ、遠慮は無用だよ。水分補給以外でも、困ったことがあったら言ってね」

「はい。ありがとうございますっ！」

本当は糖分や塩分、ミネラルも補給したほうがいいんだけど。

地下室に閉じ込められて突然飛ばされたから、今はなにも持っていない。

海からも遠そうだし、どこかに岩塩かなにかがあればいいんだけど。

僕とスイは、水分補給のあとしばらくのんびり休息を取り、適当なところで再び上を目指すことにした。

今が何時かは分からないが、うっすらと夕方の気配が近づいている気がする。

暗くなる前には、どこか寝られる場所を見つけられるといいな……。

「――にしても本当、もうちょっと足場がどうにかならないかなあ」

「手つかずの山奥ですからね……」

「――そうだ、道がないなら作ればいいんだ。ちょっと試してみよう！」

僕は足下へ手をかざし、歩きやすい山道をイメージしながら意識を集中させて、「スキル【アイテム錬成】！」と唱えてみた。

すると足下の土と木の根が強く光り、うねうねと姿を変えていく。

「――やった！　成功だ！」

「!?　道が……道ができています！　スキルというのは本当にすごい力なんですね！」

僕とスイは、歩きやすくなった足下の変化に、手を取り合って喜んだ。

行く手を阻んでいた木の根や岩が取り払われて道ができただけでなく、高低差の激しい場所にはしっかりと木の階段まで造られている。

これなら怪我の心配もないし、安心して歩けるぞ！

スキルの効果は一定の範囲にしか及ばないようなので、僕とスイは、道を作りながら少しずつ進んでいった。


――そんな中。

ガサ、ガサガサガサッ！

突然、背後の草むらが不自然な音を立て始めた。

「――スイ、なにかいる」

「は、はい。怖い魔物だったらどうしましょう。最悪、私がおとりになりますのでその隙に――」

「そんなのダメだよ！」

魔力を持たないスイを置いて逃げるなんて、そんなこと絶対にできない。

万が一のときは、僕がなんとかしないと――。

「……キュイ？」

「……へ？　え？」

ガサガサと音がしていた茂みからぴょこっと顔を覗《のぞ》かせたのは、なんと体長３０センチほどの、細くて真っ白いふわふわした生き物だった。

首の周りには、首輪のように黒いギザギザした模様が一周していて、つぶらな瞳でじっとこちらを見つめてくる。

尻尾の先の黒い部分も、似たようなギザギザになっているようだ。

「お、オコジョ!?　いや、なんか黒い模様がついてるし、魔物かな……」

「な、なななななんですかこの子!?　可愛いいいいいいいいい！」

先ほどまでいったいなにが潜んでいるのかと怯えていたスイは、突然現れたオコジョのような生き物にすっかり魅了されている。

たしかに可愛い。可愛いが。

この世界には、魔力を持たない普通の動物とは別に、魔物が存在する。

そのためこうした山の中では、普通の動物は魔物に淘汰されほとんど生き残れない。

現存する動物は、人間が飼育しているものが大半を占めている——と、以前本で読んだ。

つまり、恐らくはこいつも魔物だ。

「……キュイイイ？」

「くっ……そんな可愛く首をかしげたって、僕は騙されないぞ！」

魔物はどんなに可愛く見えても、人の敵であり懐くことはないと言われている。

……言われているはずなのだが。

そのオコジョ的な魔物は、スイを守りながら警戒している僕のほうへやってきた。

そして足下にすり寄り、そのままスリスリと気持ちよさそうに――。

「わあ、とっても人懐っこいですね、この子！」

「え、あ、うん……」

僕がスリスリされるままにじっとしていると、大丈夫な相手だと認識されたのか、身体を伝ってスルスルと肩まで登ってきた。

なんだよ可愛すぎるだろおおおお！　こんな魔物反則だあああああ！

「……い、一緒に来る？」

「キュイ！」

試しに誘ってみたところ、今度は頬ずりされた。

どうやら一緒に来るらしい。

スイが横で目を輝かせ、その愛らしさに声にならない声をあげている。

「早速仲間ができちゃいましたね！　さすがリース様です！　……魔物、なんですよね？　この子。魔物って人に懐くんですね！」

「基本的には懐かないはずなんだけどね……。なんだろう、山の所有者になったこととなにか関係があるのかな？」

　このオコジョ、なぜか僕の言ってることを理解してるっぽいし。

　魔物に言葉が通じるなんて、そんなの聞いたことがない。

「まあとにかく、先に進もう。安心して休めそうな場所を見つけないといけないし」

「キュイ！」

　僕の言葉に、なぜかオコジョが反応した。

　そしてスルスルと身体から降りて僕の前に立ち、少し進んではこちらを振り返るという行動を繰り返している。

　どうしたのかと様子を窺っていると、ある程度離れたところでピタリと止まって進まなくなり、じっとこちらを見つめ始めた。

「これは——ついてこい、ってこと？」

「……みたいですね？」

「上へ向かうみたいだし、試しについていってみよう」

　僕とスイは、覚悟を決めてオコジョについていくことにした。

第二章　山頂の大樹と、枝豆と金の卵。そして金平糖⁉

「こ、これは――！　山頂はこんなふうになってたんだ！」

「わあ……！　大草原ですね！　緑が綺麗……！」

スキルで道を作りながらオコジョの案内に従って進んでいくと、周囲から木々が消え、開けた場所へ出た。どうやらここが山頂のようだ。

地面は瑞々しい草で覆われていて、ところどころに可愛らしい花も咲いている。

歩き疲れた身体を労わるように爽やかな風が吹き、僕たちを歓迎してくれた。

「――スイ、あれ見て！　すごい大きな木がある！」

「本当、とても立派な木ですね。神々しささえ感じます」

広がる草原の一角に、一本だけとても太くてがっしりとした大樹が見えた。

太くて巨大なブロッコリーのような形をした、いわゆる広葉樹の類だ。

大樹の下には湖が広がっている。

「行ってみよう！　水が綺麗そうなら拠点にできるかも！」

「はいっ！」

僕とスイは、大樹へ向かって歩き出――したが、そこで。

「キュイッ！」

「えっ⁉　おい⁉」

オコジョは一瞬僕のほうを見たのち、Uターンして森の中へ消えてしまった。

せっかく可愛い仲間ができたと思ったのに！

「……もしかしてあの子、ここへ案内するために出てきてくれたんでしょうか？」

「そうかもしれないね。いつかまた会えるといいな」


大樹に近づくと、その幹は何本もの太い幹がねじれてできていた。

湖はそこまで深くはなく、恐らくは僕の膝より少し上くらいだろうか？

大樹の葉から滴る水と、水底からコポコポと湧き出ている水の両方でできている。

雨が降った様子もないのに不思議なものだ。

「水、透明度すごいな。水底までくっきり見える。綺麗だし、この大樹を目印に拠点を作ろう」

こんなに美しく開けた場所で、綺麗な水を確保できたのはとても大きい成果だ。

「リース様、見てください！　木に枝豆のような豆と、これは卵――でしょうか？　金色の卵がなってます！」

「え？　金色の卵⁉」

ちょっとなに言ってるか分からない、と思ったが、見てみると本当に豆と金色の卵がなっていた。えええええええ。

豆は枝豆のような形、卵はちょうど鶏卵くらいのサイズ感だ。

いろいろとおかしいけど、どこかの童話みたいな組み合わせだな⁉

金色の卵をよく見ると、枝との境目に、割れて枯れた枝豆のさやがついている。

もしかしてこれ、枝豆がさらに育ったらこの卵になるってこと――なのか？

怪しいにも程がある。でも――。

ぐうううううううう……。

お、おなかすいた……。今日は水しか飲んでないし、空腹で頭も若干グラグラする。

枝豆おいしそうだな……。卵も、あれが卵なら食べたい……。

「そうだ、スイのスキル【鑑定眼】で、これが食べられるか鑑定できないかな？」

「えっ？　で、でも私、スキルの使い方なんて知りませんしどうしたら……。なにかの間違いではないでしょうか」

スイは平民で魔力がなく、魔法もまったく使えない。

そんな状態でいきなりスキルを使えと言われても、現実味がなく困惑して当然だろう。

「ええと……あの大樹に狙いを定めて集中して、『スキル【鑑定眼】』って言ってみて」

「す、スキル【鑑定眼】！　――わわっ⁉」

唱えたことでなにか変化があったのか、スイは驚いて一歩あとずさった。

「豆と卵が緑色に光ってます。恐らくですが、食べて問題ないってことなのかと」

「でかしたぞスイ！　よし、今日のごはんはこれにしよう！　でも湖はそこまで深くなさそうだけど、収穫するには位置が少し――。風魔法で落とせるかな？」

僕は試しに、手のひらに風魔法を発動させてみることにした。

意識を集中させると、あっという間に風が小さな、それでいて強力な渦へと変わっていく。

ＭＰ３００の力すごい！

「この風をこうやってナイフみたいに集中させて――えいっ！」

圧縮された風は、まるでブーメランのように飛んでいき、枝豆や卵をスパスパと枝から切り離していく。

僕、こんなに魔法の扱いうまくなかったはずなんだけど。

これも、ＭＰが上がったことによる効果なのかな……。

父上や兄上が魔法を見事に操るのを見て、どうして自分はこんなにも出来が悪いんだと自己嫌悪に陥っていたけど。でも今なら勝てるかもしれない。

切り離された枝豆と卵は、ポチャポチャと湖へ落下した。

「リース様すごいです！　こんなに的確に魔法を！　私、落ちた豆と卵を拾ってきます！」

「あ、待って！　風魔法で波紋を作れば――」

今度は柔らかめの風魔法を生み出し、水の動きを操って、収穫物を岸へと寄せた。

卵、割れなくてよかった！


「卵が４つ、枝豆が……20さやくらいあるね」

「これだけあれば、今日のごはんには困らなさそうですね！」

「うん。問題はどう調理するかだけど……」

スイのおかげで食べられるということは分かったが、さすがに生で食べるのはためらわれる。

「リース様、湖の底に綺麗な石がたくさんありますし、それとスキル【アイテム錬成】を使ってかまどや鍋を作れないでしょうか？」

水底を見ると、たしかに磨かれたように艶やかな、角の取れた美しい石があちこちに沈んでいた。サイズは小さいものから大きいものまで様々だ。

「いけるかも！　よし、石を集めよう！」

僕とスイは靴と靴下を脱ぎ、２人で協力して、湖から石を運び出した。そして。

「スキル【アイテム錬成】！」

一か所にまとめた石の山に手をかざして唱えると、石はみるみるうちに姿を変え、あっという間に簡易的なかまどと石鍋へ生まれ変わった。

石鍋は直径30センチくらい、かまどは石鍋がちょうど１つ載るサイズ。

かまどは上から見ると、円の一部が90度分程度欠けたような形をしている。

「さすがです！　あっという間にできちゃいましたね……！」

「あはは、でもスイのスキルもすごいよね。助かるよ。あとは薪が必要かな。大樹から拝借するという手もあるけど、なんとなく抵抗があるし使えそうな枝を探してくるよ」

「でしたら私も行きます！」

森までは、近い場所だと10分も歩けばたどり着く。

ちょうど僕たちが出てきたあたりだ。

「木はそこら中に生えてるし、せっかくだから薪を運ぶ用の荷車も作ろう。あとは食器と水を運ぶための桶、洗い物をするための桶もほしいな」

僕は森の木を活用して荷車を作り、それから必要なものを形にしていった。

スキルは魔法同様、使うごとにステータス画面のポイント――SPゲージが減っていく。

当然のことだけど、回復の速度や方法も知っておく必要があるな。

「――よし、こんなもんか。スイ、荷車を押すの手伝ってくれる？」

「はいっ！　スキルのおかげで、ここでの生活もどうにかなりそうですね！」

「うん。一緒にいるのがスイで本当によかった」

「ふぇっ⁉　そんな、恐れ多いです……」

僕の言葉に、スイは真っ赤になってモニョモニョとなにか言いながらうつむいてしまった。

コロコロと変わる表情が可愛いし、面白い。

——出会ったころは、無口で無表情で、常になにかに怯えている子だったけど。

今でも、ほかの人たちの前ではあまり変わってないけど。

でも、僕の前ではこんなに表情豊かな子になったんだなあ。

スイのその変化を思い、心が温かくなるのを感じてほっこり——していたのも束の間。

「お、重い……」

自分たちの体力を見誤って荷車に物を載せすぎた僕は、空腹の中、スイとともに地獄のような帰路を経験することとなった。本当にごめん！


汗だくになりながらもどうにか荷車を大樹まで運んだ僕たちは、そのまま力尽きて草の上へ倒れ込んだ。ずっと力を込めていた影響か、なにもしていないのに手の震えが止まらない。

「つ、疲れた……汗でびしょびしょだよ……」

「り、リース様のお手を煩わせてしまい申し訳ありません。本来なら、こうした雑務はメイドの仕事のはずですのに……」

「いやいや、調子に乗ってたくさん作りすぎた僕の責任だよ。それに、僕はもうブロンドール伯爵家とは無関係なただの子どもだし、そんなふうに考えなくても——」

むしろ、こんな状況に巻き込んでしまった僕がもっと働くべきで——。そう思ったが。

「いいえっ！　私はリース様に救われた身です。生涯リース様にお仕えすると決めております。

お金も爵位も身分も、関係ありませんっ！　それに私、眷属ですから！」

スイは急に改まった様子で、はっきりとそう口にした。

どうやらスイは、メイドと眷属というポジションから外れる気はないらしい。

「救われたってそんな大げさな。僕のほうこそいつも救われてるよ」

僕を慕ってくれるのは嬉しいけど、現状報酬も払えないのに申し訳ないな。

まあここ、お金があっても使える場所なんてないけどさ。

でも、スイがこれからもついてきてくれるっていうなら、いつか恩返しができるように頑張って生活を立て直さないと！


「……この湖の水、見た目は澄んでるけど、本当に綺麗なのかな？」

一見綺麗に見えても、目には見えない細菌などがいて危険な場合も多い。

それに、人体に有毒な成分を含んでいないとも限らない。

さっき少なからず触れてはいるし、触った瞬間皮膚がただれるような水ではないけど。

でも、どこまで使えるのか慎重にならないといけない。

少し休んで呼吸を整えたのち、そんなことを考えながら湖を眺めていると。

「水、問題ないようです。スキル【鑑定眼】がそう教えてくれました」

「本当？　助かる！　ありがとうスイ。もうすっかり使いこなしてるね！」

「恐縮です。リース様のお役に立てるよう、これからも精進いたします」

スイは「えへへ」と照れながらも、そう言って微笑んでくれた。天使か。

「綺麗と分かれば早速――！」

僕は先ほど運んできた木桶で湖の水を汲み、ザバッと頭からかぶった。

水はひんやり冷たかったが、今はそれが心地いい。

「――ふう、スイもおいでよ。汗が流れて気持ちいいよ！」

さっき石を拾うときに湖へ入っちゃったし、今日の夕飯に使う水は魔法のほうが無難だろう。

「ふふ、では私も失礼してっ！」

僕とスイは、大樹の下の湖で存分に水浴びをした。


汗や汚れを流し、風魔法で服や髪、身体を乾かしたあとは、早速夕飯の準備に取り掛かった。

まずは石鍋に水魔法で水を入れ、かまどにセットして――。

９０度分の空いた隙間から薪をくべて、火魔法で着火したら、あとは鍋の水が沸騰するまで待って茹《ゆ》でるだけだ。

「茹で上がるの、楽しみですね！」

「そうだね。おいしいといいんだけど……」

調味料の類がないのは残念だけど、飢えずに済んだだけでも充分ありがたい。

卵は食物繊維とビタミンC以外のすべての栄養成分を含む完全栄養食って言われているし、その不足分は枝豆で補うことができる——はず。

——まあ、大樹の卵に僕が知っているものと同じ栄養が含まれているかは疑問だけど。

でも少なくとも空腹は満たせるし、今日はこれでよしとしよう。

お湯が沸いたところで卵と枝豆を投入し、様子を見つつ茹でていく。

たしか鶏卵なら10分から12分くらいだっけ？　一応、固茹でのほうがいいよな。

「時計がないし、少し長めに加熱しよう」

細めの木の枝2本を箸代わりにして、転がしながら様子を見る。

枝豆は、5分ほど経ったと思われる辺りで先ほど作った器に回収した。

「——そろそろかな。あとは、卵を湖で少し冷やせば完成！」

「……リース様、お料理とても手慣れていらっしゃいますね？」

スイは、僕が調理する様子を見てぽかんとしている。

し、しまった——。

曲がりなりにも伯爵家の息子として育った僕が、料理なんてしたことあるわけないのに！

くっ——でもやってしまったものは仕方がない。

「い、以前本で読んだんだ。うまくできてるといいなー。あはは」

「そうだったんですね。さすがです。ぜひともご教授いただきたいです」

「もちろん！　そういえば、スイは料理したことあるの？」

「実家では父と2人暮らしでしたし、そのときは簡単なものなら作ってました」

「……そっか。そういえば、家事もすべてスイがやってたんだよね？　大変だったね」

スイがうちへ来てしばらくした頃、家のことは聞いている。

スイは貧しい村の出身で、実の父に虐げられて育ち、8歳のときに商人に売られてそこからブロンドール家へやってきたのだ。

「あの頃は料理なんて全然好きではありませんでしたけど、でも今なら、リース様に食べていただけるのなら私も作りたいです」

「そっか、ありがとう。2人で協力してやっていこうね」

「……っ！　はいっ！」

僕とスイは、湖の水で卵を冷やしながら、改めてお互いの気持ちを確認したのだった。


「卵の殻は、一応この器に入れておこう。本物の金かもしれないし、もしそうなら、いつか街へ出ることができたら高く売れるよ！」

「分かりました。――それにしても、木になっていて、しかも金に包まれている卵なんて珍しいですよね。私、初めて見ました」

「僕もだよ。卵って、木になるんだね……」

常識で考えると頭が痛くなりそうなので、細かいことは考えないことにした。

殻をむいたゆで卵と枝豆を2つの器へ均等に分けたら、いよいよ晩ごはんタイムへ突入だ。

手を合わせ、2人で「いただきます」をして、それぞれゆで卵にかぶりついた。

「……おいしい！　塩があればもっといいけど、普通においしいねこれ」

「はいっ！　充分ごちそうです！　枝豆もほっくりしていて、ほのかに甘みがありますね。これもすべて、リース様のおかげです」

「いやいや、安心して食べられるのは、どう考えてもスイの【鑑定眼】のおかげだよ」

おなかがすいていたこともあり、僕もスイもあっという間に卵と枝豆を完食し、枝豆を追加で茹でてそれもすっかり食べきった。

「ふう、おなかいっぱいになったね」

「そうですね。とってもおいしい枝豆と卵でした」

早い段階で綺麗な水と食料が確保できて、本当によかった。

とはいえ、さすがに卵と枝豆だけで生きていくのは辛いし無理だ。糖分がほしい。

明日からは、拠点を充実させながら少しずつ森を探索していこう。

晩ごはんを食べ終えた頃には完全に日が落ちて、空には星が輝いていた。

——平和だな。

僕とスイは今、かまどに火を焚いて草の上へ寝転がり、星空を見上げながらまったりとした時の流れを堪能している。

ブロンドール家にいた頃は、勉強や監視の目で自由な時間なんてほとんどなかった。

それに前世でだって――。


前世の僕は、ブラック企業でパワハラ上司にいびられ、同僚にも笑われる生活を送っていた。

ちなみに両親は僕が大学生のときに事故で他界しており、頼れる親戚もいなかった。

理不尽な量の仕事を押しつけられて、終わらないと怒鳴られたり物を投げられたり、終わるまで休ませてもらえなかったり……。

一言で言うと、僕は会社でいじめられていた。

それでも頼れる相手もいなくて、働くしかなかった。

この世界へ転生したのも、恐らく無理が祟って過労死したからだろう。

僕の前世の記憶は、泊まり込みが確定した日、夜食を買いにコンビニへ行こうと立ち上がったところで途切れている。

――本当にこれまでの僕の人生、誰かに呪われてるんじゃないかってくらい散々だったよな。

リースハルトとして生まれたあとも、「出来損ないの妾の子」と周囲に疎まれる僕を唯一愛してくれた母リィアは、僕が3歳になってすぐ誰かに毒殺されてしまった。

犯人は未だ分かっていないが、ブロンドール家の誰かの差し金であることはたしかだろう。

でも僕にだって、当然ながら「幸せになりたい」という思いはある。

誰にも邪魔されず、強制されず、自由気ままに思いきり好きなことを楽しんでみたい。

使役され、責任を押しつけられる生活なんて、もうまっぴらだ。

——そういえば昔、人間不信をこじらせて山暮らしに憧れたことがあったな。

深夜の会社で終わらない仕事に絶望しながら、どうすれば山暮らしができるのかとスマホで検索しまくっていたのを思い出した。

田舎の山なら意外と手が届きそうな価格帯のものもあり、いつかは今のこの生活を捨てて山で暮らしてやると期待に胸を膨らませていたっけ。

その夢が、まさか異世界で叶うなんてな。しかもタダで！

せっかくだし、これからは羽を伸ばしてここでの暮らしを満喫しよう。

「……リース様？」

「——あ、ああ、ごめん。なんでもないよ」

……でも、スイにとってはどうだろう？　本当にこれでよかったのかな。

いくら魔法やスキルがあるとはいっても、こんな山奥では当分苦労することも多いだろう。

現に、今日は野宿が確定している。食べ物だって、怪しい金の卵と枝豆しかない状態だ。

僕はそれはそれで楽しいと感じてるけど、スイは女の子だしな……。

「ご不安、ですか？」

「え？　うーん、まあ、不安がないと言ったら嘘になるかな……」

頂上からなら周囲の様子が見下ろせるかもしれないと思ったが、広大すぎて、また木々に視界を遮られていて、空でも飛ばない限りできそうにない。

それに山を歩いている間、人里どころか家の一軒すら、人の一人すら見当たらなかった。

この山の規模や実態も、まだ全然分かっていない。

「……私は、リース様とここへ来られてよかったと思ってます。買われた身でこのようなことを言うべきではないと重々承知していますが、まだ幼いリース様を差別し、ないがしろにするブロンドール家は、私にとっても苦しい場所でしたので……」

「でも、あの家にいればそれなりの生活は保証されるよ？」

「私は、リース様が幸せそうにしているのが一番嬉しいです」

スイは仰向けになったまま顔をこちらへ向け、穏やかな微みを浮かべた。

天使！　僕のほうこそ、その笑顔を守りたいよ！！！

――その、笑顔を？　あれ？

そういえば、さっきからやけに明るくないか？

かまどの火だけでこんな明るいなんてこと――。

不思議に思ってふと横を見ると、なんと大樹の下の湖が青く光っていた。

「湖が……光ってる⁉」

「――ほ、本当ですね。いったい何事でしょうか」

起き上がり、恐る恐る近づいてみると、湖の底でなにかが煌《きら》めいているのが分かった。

なんだこれ？　石？

「――いや、光ってるのは石じゃないな。これは……これ……は……金平糖……⁉」

光をそっと両手ですくい上げると、ややトゲトゲとした淡い青色や水色、紫色の、うっすらと透き通っている金平糖――のように見えるなにかの欠片だった。中には白いものもある。

水魔法でさっと洗って舐めてみると、舌先から砂糖の甘さが広がっていく。

カリカリシャリシャリ……。

うん、少し固めだけど、やっぱり金平糖だな⁉

しかもなんかやたらとうまい。糖分不足だったからかな……。

「こんぺいとう？　鑑定眼によると食べられるみたいですが、これはいったい……？」

「問題ないみたい。金平糖は……ええと……どこかの国にそういうお菓子があるって本で読んだことがあって……」

「お菓子、ですか？　湖に発生するお菓子があるんですか……？」

スイはどういうことだというふうに首をかしげている。

正直、僕にもまったく理解できない。

「そうみたいだね。スイも食べてみなよ。おいしいよ！」

「……リース様がそうおっしゃるのなら、いただきます」

スイは意を決した様子で、僕の手のひらの上にある金平糖を1つ手に取り、口へ入れて咀《そ》嚼《しゃく》し始めた。

そして、ぱあっと面を輝かせる。

「あ、甘い……！　お砂糖なんですけど、でもただのお砂糖じゃなくて……。なんですかこれ！？！？」

「僕も、こんなにおいしい金平糖は初めて食べたよ」

大樹になる枝豆と金の卵の次は、湖に発生する光る金平糖（絶品）か……。

いったいこの山はどうなってるんだ？？？

そこまで考えて、月明かりや星の光が大樹へ降り注いでいることに気づいた。

しばらく観察していると、水面に映るその輝きが少しずつ形をなしていき、金平糖へと変化していく。

こ、これは――。

魔法が存在するこの世界へ転生して、これまでにも何度も常識を覆されてきたけど。

ここへ来てから見るものは、それの比ではないことばかりだ。

空から光が降り注ぐ大樹と、その木漏れ日を受けて金平糖を生み出す湖。

僕とスイは、そんな現実離れした幻想的な光景を、しばらく無言のまま見つめていた。

と、とりあえず、砂糖には困らなさそうだな……？


混乱する頭で、なんとなくそう思っていたそのとき。

急に、大樹と湖が強く真っ白な光に包まれた。

今度はなんだ！？！？

眩《まぶ》しくて直視できず、僕は思わず手で遮って目をつぶる。

光が収まったのを感じて目を開けると、大樹も湖も、元の静けさを取り戻していた。

先ほどまで光っていた湖も、今は暗く静まり返っている。

「——ん？　あれ？　金平糖は⁉」

僕は光魔法を発動させて、湖を照らしてみた。

しかし、先ほどまで水底にたくさんあった金平糖が1つも見当たらない。

「ど、どういうこと？　さっきまであんなにたくさん……」

「なにか特別な光だったんでしょうか……」

「よく分からないけど、この強い光に包まれると金平糖が消えちゃうってことなのかな……」

「へっ？」

「さっき拾った金平糖は消えてないし、多分あの光に当たるとダメなんじゃないかな。こんなことなら、もっとたくさん拾っておくんだった……」

金平糖、次はいつ手に入るのかな……。

もしかしたら一度きりの奇跡かもしれないし、金平糖は大事に使おう。

「スイ、そろそろ寝る準備をしよう。――とは言っても、今日はこの辺に野宿するしかないんだけど。ごめんね……」

「とんでもないです！　でも夜ですし、魔獣に襲われたりしないでしょうか？　私が見張っておきますので、リース様はおやすみください」

「いやいや、スイもちゃんと寝ないと！　過労は命の敵なんだよ!?」

幸い、今のところ空に雲はなく、星が輝いていていて雨が降る様子はない。

なにかいい方法はないだろうか――。

僕はステータス画面を眺めながら、なにかできることはないかと考えた。

「――ん？　これは」

ステータス画面のスキル【神の祝福】をタップすると、先ほど読んだ説明の続きに「柵で囲ってスキルを発動させると、内部の管理レベルが上がる。魔獣や害獣、刺客を除けるのに最適」と書いてあった。

管理レベルがよく分からないが、恐らく【神の祝福】の守りが強くなるということだろう。

「――これだっ！　スイ、薪で柵を作ろう！」

「柵、ですか？」

「僕たちが寝る場所を柵で囲うんだ。すると、【神の祝福】の効果が強まるんだって」

「そうなんですね！　かしこまりました！」

とりあえず今日は、僕とスイが寝られる範囲の安全が確保されればいいよね。


僕とスイは、荷車から薪を下ろし、寝る予定のスペースを囲むように並べた。

「こんなもんかな。スイ、ありがとう。あとは――スキル【アイテム錬成】！」

円の中央へ行って地面に手をつき、そう唱えると、周囲に置いた木が柵へと変化した。

「あっという間に柵が……!?」

「柵の高さは低いけど、【神の祝福】が魔獣から守ってくれるらしいから安心して眠れるよ」

僕のスキルが魔獣の力に勝てれば、だけどね！

でも今は、自分のスキルを信じるしかない。


「リース様のスキル、ちょっと最強すぎませんか!?　いつからそんなすごい力を隠し持っていたんです!?」

「いやあ、あはは。正直僕も、ここまでの力だとは思ってなくて……」

柵は直径3メートル程度だが、子ども2人が寝るスペースとしては充分だ。

「とりあえず、今日はもう寝よう。明日から忙しくなるよ！」

「はい！　おやすみなさいませ、リース様」

「おやすみ」

こうして僕とスイは、【神の祝福】効果が付与された柵の中で眠りについた。

第三章　山暮らし、スタート！

「ん……んん……眩しい……」

それになんか、寝心地もいつもと全然違う――。

「おはようございます、リース様」

「おはよ――えっ？」

目を覚ますと、そこは大草原だった。

見渡す限り青空と緑ばかりで、周囲には柵と大きな木、それから湖しかない。

「――あ、ああそうか、僕たち山に飛ばされたんだったね」

「ふふっ、そうですよ。私たち、今日から山暮らしの民です！」

スイは楽しそうにそう言って笑った。

ここに飛ばされたときは恐怖に震えていたのに、たった一日でえらい違いだ。

「こちらに洗顔用のお水を置いておきます。お湯じゃなくて申し訳ありません」

「いやいや、充分だよ。ありがとう」

こんな状況でも、スイはメイドとして、僕の世話係としてできる限り職務を遂行してくれる。

本当にありがたいことだ。

僕は顔を洗って、それからスイと一緒に食事の準備を始めることにした。

昨日同様、風魔法で枝豆と金の卵を収穫し、石鍋にお湯を沸かして加熱する。

――昨日遅くまで活動していたせいか、おなかがすいたな。

金平糖、1つくらいなら食べてもいいよね？

昨日拾った金平糖は、乾燥させるために平らな食器へ並べて置いてある。

僕はその中から、白い金平糖をつまんで口にした。

「うっ――⁉　しょっぱい⁉」

「リース様⁉　どうかされましたか⁉」

「これ、この白い金平糖、塩だ――！」

「えっ――？」

いや、塩である時点で金平糖ではないんだけど。

うーん、昨日食べたものは絶対甘かったよね？

何色を食べたかまでは覚えてないけど、色によって味が違うのかもしれない。

「昨日、私は水色の金平糖をいただきましたけど、それは甘かったです。もしかして、白いものは塩なんでしょうか？」

そんなことある⁉　と突っ込みたくなるが、恐らくそういうことなのだろう。

理解も納得も全然できないけど、塩があるなら――！

「よし、今日はスープも作ってみよう！」

枝豆のさやって、けっこう出汁が出そうだし。

「スープ！　素晴らしいアイデアですね！」

「絶品とはいかないかもしれないけど、やるだけやってみるよ。……その間に、スイにはゆで卵の殻むきをお願いしてもいいかな」

「かしこまりました！」

僕は茹でた枝豆を石鍋から器へ移動し、茹で上がったタイミングで卵をスイに任せた。

「卵は、半分は冷やすだけ冷やして、枝豆と一緒にそのまま置いておいて。お昼に食べよう」

「はーい！」

「――よし、やってみるか」

僕は再び大樹から枝豆と金の卵を収穫し、枝豆を綺麗に洗った。

「まずは石鍋に、さやの両端をちぎった枝豆と水を入れて――」

これを火にかけ、出汁が出た頃合いを見計らって枝豆を引き上げて――。

「あっつ!?　くっ――先に冷水で冷ましたほうがよさそうだな」

水魔法で枝豆を少し冷やしてから、中の豆だけ石鍋に戻した。

塩は石で砕けるかな？

湖の水底にあった綺麗な石を使い、金平糖――もとい塩の塊を粉砕する。

何度か打ちつけると、塩は砕け、粉末状になった。

これをスープに少しずつ溶かし込み、味を見ながら調整していく。

「――うん、うまい！　枝豆の出汁、思った以上にすごいな!?　あとはここに溶き卵を入れて火を通せば――枝豆と金の卵の塩スープの完成！」

「わあ、完成したんですね。おいしそう……！」

僕は薪用に持ってきていた木でお玉を作り、昨日作った器へよそった。

「スプーンもあったほうがいいな。スキル【アイテム錬成】！」

「ゆで卵、むけました！　2日目にしてご馳走ですね！」

僕とスイは、ゆで卵を1つずつと茹でた枝豆少し、砕いた塩、それから枝豆と金の卵の塩スープを揃えて、「いただきます」をした。

「んんーっ！　やっぱり枝豆とゆで卵に塩は必須だね！」

「このスープもとってもおいしいです……！　私にも作り方を教えていただけませんか？」

「もちろん！　あ、スープはおかわりもあるよ！」

そのまま食べる枝豆とゆで卵も決して悪くはなかったが、やはり塩味の魔力には勝てない。

スープも枝豆が持つうまみと塩味が合わさり、そこに卵のコクが加わって、やさしいながら奥深い味わいに仕上がっていた。大成功だ。

――そういえば昔、大学生のときはこうしてよく自炊をしてたな。

社会人になってからは忙しくて遠のいていたけど。

せっかく自由になったんだし、また自炊を楽しむのもアリかもしれない。スイもいるし。

そんなことを思いながら朝食を堪能していると、大樹が不自然にざわめき始めた。

「──こ、今度はなんだ⁉」

「またなにか不思議なことが起こるんでしょうか……。それとも今度こそ本当に魔物が⁉」

一応、昨日作った柵の中に移動を──。

怯えるスイを落ち着かせ、移動しようとしたそのとき。

大樹から白く光るなにかが3つ、僕たちのほうへと近づいてきた。

……虫？　いや、まだ魔獣の可能性も──。

『なんか楽しそうな気配がするの！』

『いいなあ！　ボクも食べたい！』

『──い、いったいそれはなんですの？』

「──へ？」

「えっ──？」

3つの光は、よく見ると小さな人の形をしたなにかだった。背中には、半透明のキラキラ輝く羽がついている。

3匹とも──いや、3人、なのか？　数え方がよく分からないが──とにかく全員、黄緑色の髪と瞳を持ち、白を基調としたワンピースを身にまとっていた。

「き、君たちはいったい……？」

『わたしたちは、この森に住んでいる妖精なの！』

『ボクはリアード』

『わたしはリュアなの』

『わたくしはライアと申します。あなたがこの山――シタデル山の主となったお方？』

この３人（と数えることにした）の妖精は、僕とスイ、それから石鍋に残っているスープを興味深げに見ている。

「ええと……まあ、そうかな。初めまして。僕はリースハルト。こっちの女の子はスイです」

「は、初めまして。スイと申します……」

オコジョのときは手放しで可愛いとテンションを上げたスイも、話をする小さな生き物を前に戸惑いを隠せない様子だ。もちろん僕も。

『あなた方が召し上がっているその液体はなんですの？』

「――あ、ああ、これは大樹から拝借した豆と卵、それから塩を使って作ったスープだよ。……よかったら食べる？」

『食べたいの！　こんなの食べたいに決まってるの！』

『ボクも！　すごくおいしそうに食べてたよね！』

『ちょっとあなたたち――！　ま、まあ、山の所有者として相応《ふさわ》しいか、判定して差し上げてもよくってよ』

妖精たちはそれぞれの反応を示しながら、僕とスイの周りを飛び回っている。

「それじゃあ少し待ってて。昨日作った食器じゃ大きすぎるだろうから、作り直すよ。――スキル【アイテム錬成】！」

残っていた薪を使って、僕は３人分の小さな器とスプーンを作ってあげた。

スキル【アイテム錬成】、大活躍だな！

『……スキル？　あなた今、スキルとおっしゃいまして？』

「へ？　あ、うん。ええと……ライアだっけ？　スキルのこと知ってるの？」

『残念ながら、わたくしも詳しくは……。ただ、古《いにしえ》の時代、神様がごく一部の人間にスキルという特別な力を与えた、という伝承を聞いたことがありますわ』

『じゃあ、リースハルトは神様に選ばれた人間ってことなの？』

『すごい！　そりゃあ所有者として認められるわけだね！』

なんか勝手にとんでもなくすごい人みたいな展開になってる⁉

「やっぱり、実はリース様こそが神様に選ばれしお人だったんですよ！」

妖精たちの言葉を聞いたスイは、胸の前で手を組んで、まるで自分のことのように表情を輝かせて喜んでいる。

「たしかにスキルは持ってるけど、僕は黒髪に黒い瞳だし、魔力もここへ来るまで低かったし、そんな大層な人間じゃないと思うよ？」

僕は妖精たちにスープを分け与えながらそう返した。

『んんーっ！　おいしいの！　こんなの食べたことないの！』

『……や、やりますわね。こんなものを作れるのだから、リースハルトは神に選ばれし人間に違いありませんわ』

『うんうん、ボクもそう思う！　リースハルトは天才だよ！』

神に選ばれし人間のハードルが低すぎる気がする！

でもまあ、おいしそうに食べてくれてよかった。スープ、なくなっちゃったけど。

「スイ、ごめんね。足りなかったらまた作るから」

「いえ、私は充分いただきました。……ふふ、とってもおいしそうに食べてますね」

妖精たちは、互いになんやかんや言いながら、あっという間にスープを完食した。

『リースハルト、ありがとうなの！　おなかいっぱいなの！』

『ボクも！　それにしても、大樹の実にこんなおいしい食べ方があったなんて知らなかったよ。熟しすぎた実も食べられるんだね？』

『わたくしもですわ。人間の創意工夫は侮れませんわね』

熟しすぎた実、というのは、金の卵のことだろうか？

妖精たちにはそういうふうに見えてたんだな。

「――そうだ、こんなことしてる場合じゃなかった。家を作らないと！」

今が何時かは分からないが、太陽の位置からして恐らく昼近いと思われる。

日が暮れるまでに、せめて雨をしのげる屋根は作ってしまいたい。

『家？　家がほしいんですの？』

「うん。……実は僕たち、実家からここへ飛ばされたばかりなんだ」

『それはまた……。この山は人里からだいぶ離れていると思うのですけれど、なぜここへ？』

「う〜ん、僕が出来損ないだから、かな。要は追い出されたんだよ。うちは伯爵家だからね……僕がいると、家の格が下がるんだって」

僕がそう言うと、妖精たちは驚いた様子で顔を見合わせ、それから笑い出した。

『キミ、本気で言ってる？　スキルなんて伝説級の力を持っていて、しかも山の所有者に認められて出来損ない？　人間ってよっぽど見る目がないんだね？』

『呆れてものも言えませんわ』

『リースハルトは出来損ないなんかじゃないの！　すごい人なの！』

「分かってくださいますか!?　そうなんです！　リース様はすごいお方なんですよ！」

なぜかスイまで仲間に加わり始めた。

でも僕も正直、ここへ来て実際にスキルを使ってみて、実は僕って割とすごいんじゃないか？　と思い始めている。素材さえあれば、思い描くだけでいろんなものが生み出せるんだし。それに【神の祝福】とやらのおかげで魔獣の被害にも遭っていないし、山の力も底上げされたとかなんとか。……そこに関しては、僕にはよく分からないんだけど。

『リースハルトのスキルは、創造スキルなんですの？』

「いや、【アイテム錬成】っていうスキルだよ。あとは【神の祝福】。ちなみにスイは【鑑定眼】を持ってる」

　僕は妖精たちに、ざっくりとスキルについて説明した。

『【神の祝福】……どおりで山の力が強まったわけですわ。でもそれならきっと、リースハルトを追い出した愚か者の領地は今頃……。ふふ、自業自得というやつですわね！』

「えっ？」

『なんでもありませんわ。そんなことより、家でしたわね。食事のお礼に、わたくしたちが作って差し上げてもよくってよ？　どんな家がいいかしら』

『わたしも手伝うの！　みんなで作ればあっという間なの！』

『うんうん、賛成！　リースハルト、どうかな？』

　食事のお礼が家だなんて、わらしべ長者にも程がある。——が、作ってもらえるのならありがたい。

　僕とスイの力では、時間も労力も相当かかりそうだし。

「……それなら、お願いしてもいいかな。ええと、ざっくりと説明すると——」

僕は妖精たちに、リビングとキッチン、それからお風呂とトイレがほしいことを説明した。

それから、小さくてもいいからプライベートが確保できるエリアもあると嬉しい、と伝える。

まだ子どもとはいえ、スイは女の子だしね。

文化の違いがあるのか最初はうまく伝わらなかったが、質問に答えながら可能な限り細かく説明し、ようやくある程度の理解を得られた。

「で、できそうかな……？」

『わたくしの認識が間違っていなければ、それくらい簡単ですわ。それじゃあリアード、リュア、やりますわよ！』

『はーいなの！』

『任せて！』

妖精たち3人は、僕にはよく分からない不思議な言語で詠唱を始めた。

するとただの草原だった場所が光を放ち始め、次々と木々が生え、加工されて、それがどんどん積み重なって家の形になっていく。

その光景は圧巻で、小さな3人から生み出されているものとは到底思えない。

僕は息をするのも忘れそうになりながら、ただただその様子を呆然と見ることしかできなかった。

ふとスイのほうを見ると、スイも同じように固まっている。だよね！

『気に入らないところがあったら修正もできるよ！』

『できましたわ！』

「か、完璧です……」

妖精たちが作ってくれた家は、いわゆるログハウス的なものだった。

滑らかに磨かれた木の幹が見事に組み上げられており、屋根には薄い板のように加工された木材が使われている。なんだっけ、シダーシェイクっていうんだっけこういうの？

山暮らしに強い憧れを抱いていた時期に、ログハウスの屋根がどうなっているのか気になって調べたことがあったのだ。

薄い木の板なのに、意外と雨漏りしないらしいから不思議だ。自然ってすごい。

「リース様、大きなガラスの窓までありますよ！　ものの数分でこんなに立派な家ができちゃうなんて、妖精さんたちすごいです！」

『気に入ってくれてよかったの！』

『わたくしたちにかかれば、こんなものあっという間ですわ！』

ログハウスには2階部分もあり、そこには小さなベランダが、一階の玄関前には玄関ポーチも設けられている。自分たちじゃ絶対に作れないレベルの家だ。

「ありがとう、本当に助かったよ。僕が作る料理でよければ、いつでも食べに来て。――って言っても、今のところ食材は大樹から拝借してるんだけどね」

『このシタデル山はリースハルトのものなのだから、まったく問題ありませんわ。もちろん、先住民であるわたくしたちも自由に使いますけれど』

「……ライアたちは、あとから来た僕が所有者になって嫌じゃないの？」

ライアが先住民と言ったのを聞いて、自分が所有者となったことが急に申し訳なくなった。

妖精たちやオコジョのような魔獣は、恐らくずっとここで暮らしていたはず。

そんな場所に、突然人間である僕が介入するのは迷惑なのでは？　と思ったのだ。しかし。

『むしろ待ちくたびれましたわ……』

『ボクたちは、ずっと所有者になってくれる人間を待ってたんだ』

『山は、所有者と繋がって初めて本来の力を発揮するの！』

妖精たちは、そう言ってうんうんと頷《うなず》き合った。そうなんだ⁉

自然にとって、人間なんてただの異物だと思ってたけど……ここではそういうわけでもないんだな。よかった。

「あ、あの……私は……私はお邪魔にならないでしょうか……」

僕が山の所有者として認められている現実に不安になったのか、スイがおずおずとそう申し出る。

『スイ、でしたっけ？　あなたは所有者の——つまりリースハルトの眷属という扱いになっていますわね。間違いありませんこと？』

「は、はいっ！　それはその、恐れながらそういうことになったらしいです」

スイはどこか嬉しそうに、なぜか照れながらそう返す。

そんなに嬉しいのか。喜んでくれてなによりだけど、眷属って嬉しいもんなのか？　よく分からないな。

「まあ、そういうことだ。スイは僕の眷属らしい」

『——眷属なのであれば、スイも決して無関係じゃありませんわ。あなたも、このシタデル山の大事な管理者です』

「は、はいっ！　頑張りますっ！」

『——ふふっ。いい眷属に恵まれましたわね、リースハルト。では、わたくしたちはそろそろ。これからもおいしい料理を楽しみにしていますわ』

「うん、いつでも寄ってよ。——あ、ちょっと聞きたいことがあるんだけど、いいかな」

『なんですの？』

「実は——」

僕は、昨日の夜にあった金平糖に関する一連の出来事を妖精たちに伝えた。

『——ああ、青い星屑のことかな？　あれは青っぽいのは甘いけど、白いのは辛いんだ。だから、ボクたちは白いのは食べないかな』

『白いのは、食べるとむせちゃうの』

『そうそう。ちなみに大樹を包む光は、日付が変わるタイミングで起こる「完全浄化」の合図だよ。星屑がなくなっちゃうのも、浄化されちゃうから』

浄化の合図！　そうか、あれは浄化されて消えたってことなのか！

『完全浄化は、毎日日付が変わる時間に起こりますわ。星屑も、天気次第で量に変動はあるものの、基本的には毎日形成されますわよ』

「……湖の水、毎日浄化されるんだ。すごいな。ありがとう！　教えてくれて助かったよ！」

『お役に立ててよかったの！　ほかにも困ったことがあったらいつでも呼ぶの！　お手伝いするの！』

『これからリースハルトは、この山の所有者で共に暮らす仲間なんですものね！』

『うん。ボクたちは、基本的には大樹の近く、そうじゃなくてもこの山のどこかにはいるから、気軽に声をかけてね！』

妖精たちはそう言って、どこかへ飛んでいってしまった。

スイは横で、「リース様の眷属……ふふ……」と頬を染めている。

眷属ポジション気に入りすぎでは？　この子の将来が心配になってくる……。

「――にしても、謎のオコジョに妖精か。この世界には妖精もいるんだね。初めて知ったよ」

「わ、私も初めて知りました……」

「せっかくだし、家の中に入ってみようか」

玄関を開けると、一階部分には広々としたリビングとキッチンがあった。

手前がリビングで、外壁と同じような丸太の壁で一部仕切られたその奥がキッチンとなっているようだ。

リビングの左奥、キッチンの左側にあたる場所には、お風呂とトイレも設置されていた。

ちなみにこの世界のトイレは、貴族の屋敷では深い穴が掘られていて、その上に椅子型の便座が設置されているのが一般的だ。

つまり形状的には、前世の洋式トイレとそんなに変わらない。

が、水洗ではなく土魔法を扱える者が雇われていて、定期的に分解処理の魔法を施す仕組みになっている。

土の中には微小なスライムが多数生息しており、魔法の効果も相まって急速に排泄物の分解を進めてくれるのだ。

そのため、衛生面は意外にもしっかりと保たれていた。

それができない一般家庭では、どこかへ溜め込んで堆肥などに活用していると聞いたことがある。僕は見たことないんだけど。

「すごい、中まで完璧だ……。トイレも使い慣れてる形式で助かるよ」

説明がちゃんと伝わっていてよかった！

1階を確認し終え、端に備えつけられていた階段を上ると、2階に個室が2部屋用意されていた。

2階部分は1階よりやや狭く、一部が吹き抜けになっていて開放感もあるのが嬉しい。

「個室もあるのはありがたいな。スイはどっちの部屋がいい？」

「えっ？　わ、私は個室をいただけるだけで充分ですので、どちらでも……。リース様が奥のお部屋をお使いください」

「じゃあそうさせてもらうね」

部屋にはまだなにもないが、それぞれに窓もついていて、広さも申し分ない。

――そういえば、この短時間でガラスまで作ったのか。すごい。

1階部分にも大きなガラス窓があったけど、あまりに自然すぎて気づかなかった。そういやさっきスイが感動してたな。

うちは伯爵家だったからガラスがふんだんに使われていたけど、本来この世界でガラスは貴重品のはずだ。まあ妖精には関係なさそうだけど！

――うん？　待てよ。もしかしたら僕も、【アイテム錬成】でガラスが作れるのでは？

あとで試してみよう。

「今日は最低限の屋根さえ確保できればそれでいいって思ってたけど、あっという間に家が完成しちゃったね」

「そうですね。まだお昼前ですし、もう少しなにか進めますか？」

「そうだね……。あとは家の周りを柵で囲って、家具類を作らないとね。服もずっとこれだけじゃ困るし……布類を確保する手段を考えないといけないな。枝豆と卵以外の食材も探したい」

暗くなるまでにはまだだいぶ時間があるし、少し森を探索してみよう。


僕とスイは、昨日と同様の方法で家の周りに柵を作った。

範囲がだいぶ広くなったこともあり、元々柵として使っていた木材だけでは足りず、桶と荷車を一時的に分解して活用することにした。

どうせこれから森へ行くし、そのときにでもまた作ろう。

柵を作ったあとは、金平糖（塩含む）、石鍋、食器などを家の中へ移動して、朝食の残りの枝豆と卵を食べて、森へと向かう。

足場の悪い森の中も、スキル【アイテム錬成】で道を作れば歩きやすくなる。

本当にこのスキルがあってよかった！

「そういえば、スキルを使うのに必要なＳＰは寝ると回復するみたい。さっき確認してみたら全回復してたよ。睡眠の時間や深さでも変わるかもしれないけど、待つだけで回復する類のものでよかった。スイのSPはどう？　なにか感じる？」

「私はどの程度回復しているのか分からないですが、なんとなく余力が戻った感覚があります。多分、ですけど。自分のことなのにはっきりせず、申し訳ありません」

「いやいや。スイはまだ力を得たばかりだし、ステータス画面もないし、細かく分かるわけないよ。これからゆっくり感覚を掴《つか》んでいこう」

「はいっ。ありがとうございます」

――そういえば、なんとなく食材を探しに森へ来たけど。

僕じゃ食べられる植物かどうか判断できないな。スイがいてくれて助かった。

２人でしばらく歩いていると、茂みの中から「キュイ！」と愛らしい鳴き声がして、またしてもオコジョが飛び出してきた。

警戒心を見せることもなく一直線に僕の肩へやってきたことを考えると、恐らく昨日のオコジョで間違いないだろう。

「一日ぶりだね。昨日は案内してくれてありがとう」

「ありがとうございますっ！」

「キュイッ♪」

オコジョはどういたしまして、と言わんばかりに頬ずりしてきた。

スイも横でほわっと頬を紅潮させ、表情を緩めている。可愛いは正義！

そういえばこのオコジョ、人の言葉を分かってそうなんだよな。だったら――。

「ねえ、僕たち食料を探してるんだけど、おいしい木の実があったら教えてくれない？」

「キュイ？　キュイイイ！」

オコジョはするりと僕から降り、ついてくるよう促しながら木々の間を進んでいった。

身体が小さくて細いオコジョは、狭い隙間も平気ですり抜けてしまう。

そのためついていくのに少し苦労したが、しばらく行くと、おいしそうな赤い木の実をつけた植物が見えた。

「これは――ラズベリー？」

「キュイッ！」

オコジョは木へ登り、木の実を食べてみせる。毒はないと言いたいのだろう。

木は比較的背が低く、僕やスイでも手が届く位置に実がたくさんなっていた。

「スイ、スキル【鑑定眼】で木の実に毒がないか調べてくれる？」

「かしこまりました。――スキル【鑑定眼】！」

スイは、しばらくの間ラズベリーのような実がなっている木をじっと見つめていた。そして。

「毒はないようです。全部、緑でした！」

「緑ってことは安全ってことなんだよね？　危険なものはどう映るんだろう？」

「……ええと。――あっ、あのきのこは毒があるみたいです。赤いオーラが滲《にじ》んでます！」

なるほど、危険なものは赤く見えるのか。

試しにラズベリーを1つもいで食べてみると、爽やかでみずみずしい甘酸っぱさが口いっぱいに広がった。

「おいしい……！　スイも食べてみなよ！」

「では私も失礼して――。――んんーっ！　甘酸っぱくておいしいです！」

「せっかくだから、籠に入れて持って帰ろう。――スキル【アイテム錬成】！」

僕とスイは、休憩がてら思う存分ラズベリーを食べ、植物のつるを利用して作った籠の半分くらいまで収穫し、持ち帰ることにした。

そのあともオコジョは、ブルーベリーやプラム、キャベツ、トマト、じゃがいもに似た野菜が採れる場所を教えてくれた。

「――たくさん採ったね。そろそろ戻ろうか」

「はいっ！　今晩はご馳走ですね！」

籠を2つに増やして手分けして持っても、これくらいが限界だろう。既にだいぶ重い。

「たくさん教えてくれてありがとう！　助かったよ！」

「キュイッ♪」

「新居もできたことだし、そのお祝いも兼ねて今日は豪華にいこう。――そうだ、君もよかったらうちへ来ない？　晩ごはん、ご馳走するよ？」

僕がそう言うと、オコジョは嬉しそうにキュイキュイ鳴きながら再び僕の肩へ乗り、頬ずりしてくる。そしてそのまま木へ飛び移り、どこかへ去っていった。

「これは……来てくれるってことでいいのかな？」

「来てくれるといいですね」

「――ふう、疲れたあ」

「けっこうたくさん採りましたもんね……」

行きに道を作りながら進んだため足場に困ることはなかったが、たっぷりの収穫物が入った籠を持っての移動は、子どもにはかなりの重労働だった。

森を抜ける辺りからは荷車と薪、新たな桶も追加したため、もうくたくただ。

でも頑張ったおかげで、枝豆と卵以外の食事にありつけるぞ！

じゃがいもがあるから主食もばっちりだな！

でも、今回はオコジョが案内してくれたけど、自分たちでたどり着けるだろうか？

今後ここで生活していくことを考えると、家の近くで栽培したほうがいい気がする。

よし、あとで畑を作ってみるとしよう。

少し休憩してから湖の水で汗と汚れを流し、風魔法で乾かして、先ほどできたばかりのログハウスへ入った。家があるって素晴らしい！

――そういえば、不思議なことに意外と服が汚れないんだよな。

水浴びして汗は流してるけど、服は着たままだし特に洗っているわけではない。にもかかわらず、乾かすとまるで洗濯したあとのような爽やかな着心地なのだ。

もしかして、あの湖の水には特別な浄化作用があるんだろうか？

僕とスイはキンキンに冷えた水を飲み干し、２人でラズベリーやブルーベリー、プラムを食べながら休息を取ることにした。

「あああああ、生き返るうううう！」

「ふふっ、ですね～！」

――そういえば、この家にもお風呂があるんだったな。

夜は温かいお風呂にゆっくり浸かるのもアリかもしれない。

でもそうなると、タオルや着替えがないとなにかと不便だな……。うーん。

「晩ごはん、どうしようか？　枝豆と卵のほかに、キャベツとトマト、じゃがいもが手に入ったからね。あとフルーツ類も」

調味料となるものが塩と砂糖しかないのが少し残念だけど。

油がないから炒めるのは難しいし、やっぱりスープがいいかな？

休憩を終え、晩ごはんを作り終えるころには、辺りは暗くなっていた。

『リースハルト！　晩ごはんを食べに来たの！　入れてほしいの！』

「――ん？　おお、入っていいよ」

『この柵、結界なの！　リースハルトが正式に許可をくれないと入れそうにないの！』

――あ、そうだった。えぇーっと……。

「『リュア、ライア、リアードの３人がエリア内に入ることを許可する』――でいいのかな？」

頭に浮かんだ言葉を口にすると、３人の身体が数秒間真っ白な光に包まれ、また元通りになった。

『ありがとうなの！　――わあ、食材がたくさん増えてるの！』

どうやらこれで僕の仲間として認定され、柵の中へ入れるようになったらしい。

『おじゃましまーす！　晩ごはんはなにかな？』

『こんばんは。お招き感謝いたしますわ』

柵の中へ入ってきた妖精たちは、僕とスイが作った晩ごはんを興味深げに見ている。

『――そういえば、山での生活はどうかしら？』

「いやあ、まだまだ分からないことだらけで……。でも、少しずつちゃんと生活できるように頑張ってるよ。明日は、家の前に畑も作る予定なんだ」

『ハタケ……？　ハタケってなんですの？』

どうやら妖精たちは、畑を作って作物を育てるという概念を持たないらしい。

勝手知ったる山だろうし、小さいからそんなにたくさん食べるわけでもないし、そもそもなにもない場所に一瞬で木を生やせるんだから困ることがないんだろうな。

僕は妖精たちに、畑について説明した。

『——なるほど。それならボクたちがプレゼントしようか？』

「ああ、いや、少しは自分でも頑張ってみたいんだ。ありがとう。もしなにか困ったら、そのときは助けてもらうことにするよ」

『そっか、リースハルトは頑張り屋なんだね』

『ならせめて、ちょっとしたプレゼントを差し上げますわ』

ライアはそう言って、なにもない草原に向かってなにかを詠唱し始めた。すると。

そこに数本の木が生え、みるみるうちに育ち、僕の身長の3倍から5倍くらいになった。

そのうちの1本には、艶やかなりんごが実っている。

「す、すごい……」

『ライア、さっき『木を運ぶって大変そうですわね』って言ってたの！』

『ちょ——リュア⁉　べ、べつにただの気まぐれですわ！』

『ちなみにこの木は、根元を残していれば翌日には再生する特別な木だよ。——まさかライアがこんなにも人間に入れ込むなんてね。ふふっ』

『う、うるさいですわよ！　もうっ！　全然、全然そんなのじゃありませんからっ！』

真っ赤になって反論するライアを見て、リュアとリアードは楽しそうに笑っている。

——これって、僕たちを仲間と認めてくれたってことだよな。嬉しい。

「ありがとう。僕たちまだ子どもで腕力が弱いし、木を運ぶのには本当に苦労してたんだ。それにりんごも、とってもおいしそう……！」

「本当に、なにからなにまでありがとうございます」

スイも、改めてそう言い頭を下げた。そんな中。

「キュイッ!?　キュ……キュウウウウ……」

鳴き声が聞こえたと思ったら、オコジョが柵の外でおろおろしていた。ごめん。

先ほど同様に許可を与えると、スルスルと僕の肩へやってくる。もうすっかり定位置だな。

『あら、オコジョルですわ。わたくしにすら懐かないのに……やっぱりリースハルトはすごいですわね』

『ボクとリュアには懐く子も多いけどね。ライアは気が強すぎるんだよ』

『わたしはお友達の子もけっこういるの！』

2人がそう言って笑うと、ライアは赤面し、悔しそうに頬を膨らませて2人を睨んだ。

というかこのオコジョみたいな生き物、オコジョルっていうのか。

「あはは、この子は人懐っこいし、いずれライアにも慣れてくれるんじゃないかな？　それよりみんな揃ったし、そろそろ食事にしようか。室内で食べてもいいけど、せっかく天気もいいし、みんなもいるし外で食べるのもアリだな」

『それなら、わたしからはテーブルと椅子をプレゼントするの！』

リュアがそう言って例の聞き取れない言語で詠唱すると、あっという間に木製のテーブルと椅子が完成した。

３人の中では一番幼く見えるリュアだが、どうやら力は本物らしい。

自分たちも一緒に楽しめるように、テーブルの上にはさらに小さなテーブルと椅子が載せてある。

『オコジョルは椅子、いるの？』

リュアがそう聞くと、ふるふると首を横にふった。

『うーん、ボクはなにをプレゼントしようかな……？　なにかほしいものはある？』

「ほしいものかあ、うーん。――あ、そうだ。みんな、その服はどうやって作ってるの？　布の入手方法が知りたいんだ」

『なるほど、布か。じゃあボクからはキヌイの木をプレゼントするよ。キヌイの実を茹でると、果肉部分の繊維が糸になるんだ。ボクたち妖精は、それで布を作ってるよ』

リアードはそう言って、先ほどライアが木を生み出した付近へ向かって詠唱する。

するとそこに、ココナッツのような実をつけた木が３本誕生した。

『――これでよしっ！』

「おおお！　ありがとう！　布が作れれば、だいぶ人間らしい生活に近づくよ！」

『どういたしまして！　ふふっ。ボクたち、持ちつ持たれつのいい関係になれそうだね』

リアードは嬉しそうに笑う。

「そうだな。仲間が増えて心強いよ。――じゃあそろそろ食べようか。スイ、手伝って」

「かしこまりました！」

今日の晩ごはんは、蒸したじゃがいもとゆで卵、キャベツとトマトと枝豆の塩スープ、それからラズベリーやプラムなどのフルーツ類だ。もちろん、砕いた塩も用意した。

せっかくだし、ライアがくれたりんごも少し出そうかな？


『わあ、すごいの！　ごちそうなの！』

『見た目も華やかで素晴らしいですわ！』

『へえ、ライアが素直に絶賛するなんて珍しいこともあるもんだね。まあここまでされたら、認めざるを得ないよね』

目を輝かせ、テーブルに並んだ料理に釘付けとなっているライアを見て、リアードがおかしそうに笑っている。

この妖精たち、本当仲いいよな。そういえば、妖精ってほかにもいるんだろうか？

みんなで「いただきます」をして、それぞれ思い思いに料理を頬張る。

『おいしいの！　このじゃがいも、口の中がホフホフするの！　幸せの食べ物なの！』

『さすがは神に選ばれし人間だね。どれを食べてもおいしいよ』

『朝も思いましたけど、わたくし、スープという食べ物がとても気に入りましたわ！』

妖精たちには調理をする習慣がないらしく、どれも画期的だと大絶賛してくれた。

「キュイイイイ！」

オコジョ――もといオコジョルは、茹でたじゃがいもをとても気に入ったらしい。

少し冷ましたものを両手でしっかりと抱え、夢中になっている。

し、幸せそう……！　むしろ見ている僕が幸せですありがとう！

分かるよ！　じゃがいものホクホク食感、魅力だよな！

「このトマトが入ったスープ、味つけが塩だけとは思えないくらい深い味わいですね！」

「実は僕もそう思った。この山で採れる食材って、野菜もフルーツも基本的に味が濃くてレベル高いよね。ブロンドール家で使ってた食材だってここまでじゃなかったよ」

「これも、リース様の力による底上げ効果なのかもしれないですね。ふふっ」

星空の下、みんなでおいしい食事を囲む温かいひとときに、気づけば追放されてここにいることなんて忘れ去っていた。

第四章　庭に作った畑とレアスライム

「おはようございます、リース様」

「――んん。おはよう。スイもちゃんと寝てる？」

「はい。実はここへ来てから、不思議なくらい安眠できています。ふふ」

「あはは、それは僕もだよ」

スイが持ってきてくれた水で顔を洗って、僕とスイの生活2日目がスタートした。

ちなみにベッドがなく床が固いため、昨夜も結局は草の上で寝ることになった。

ここの草は柔らかくてふわふわしているし、雨さえ降らなければ案外快適だ。

今は5月半ばで、熱くも寒くもなく気温もちょうどいい。

飛ばされたのが真冬や真夏じゃなくて本当によかった。

ちなみにこの国には、前世で暮らしていた日本のような四季がある。

1年の進み方も365日が12ヶ月に分けられていて、1日は24時間。

それを知った当初は、明らかに違う世界なのに不思議なこともあるもんだなと逆に違和感を持ってしまったくらいだ。

馴染みがある分、慣れてからはすごく助かってるけど！

「――金平糖と塩、昨日もたくさん手に入ったね」

「そうですね。長持ちするものですし、手に入れられる日はたくさん回収しておきましょう」

「うん。保存する場所はいくらでもあるしね！　近々、倉庫も作りたいな」

日々やりたいこと、ほしいものが次々に浮かんできて、なんだかワクワクしてしまう。

「今日はなにをしますか？」

「まずは畑を作ろうかなって」

「畑、素敵です！　作物が採れるようになれば、生活も安定しますね！」

「うん。昨日採ってきた野菜とフルーツがあるから、まずはそれを植えてみよう」

ゆで卵と枝豆、スープの朝食を食べ終え、食器を片づけて一息ついたあと、僕とスイは早速畑作りに着手することにした。

道が作れたのだから、畑の土だって【アイテム錬成】でいけるはず。

「場所はどのあたりがいいかな……。昨日、ライアとリアードがくれた木と近い場所がいいだろうし、その手前あたりにしようか」

僕は家の東側、つまり大樹があるほうと反対側に、畑の位置を定める。

「僕たち２人（と妖精たちとオコジョル）しかいないし、まずは小さくていいよね。――スキル【アイテム錬成】！」

畑の土をイメージしながらそう唱えると、草原の一部がボコボコと盛り上がり、あっという間に柔らかな土のエリアが誕生した。

生えていた草もしっかりと堆肥化されて、土に混ぜ込まれている。

「土、ふかふかになりましたね。種まきは私も手伝います！」

「ありがとう、助かるよ。――そういえば、キャベツってなにをどうしたらいいんだろう？」

「たしかに、キャベツって種がないですよね……」

「うーん……よく分からないし、とりあえず芯の部分でも埋めてみようか」

2人であれこれ試行錯誤しながら、畑への種まきおよび植えつけを進めていく。

最初からうまくはいかないかもしれないけど、食料を確保する術はあるんだし、少しずつ改善して最終的に成功すればそれでいい。


「――よし、こんなもんか！　手伝ってくれてありがとう、スイ」

「とんでもないです。本当なら、リース様を働かせるようなことは避けたいんですが……私1人では逆にご迷惑をおかけしてしまいそうなので……」

「スイ、一緒に頑張ろうって話したでしょ」

「は、はい。ありがとうございます。リース様の眷属として、精一杯頑張りますっ！」

スイ、眷属ポジションだいぶ気に入ってるな!?

ガッツポーズで気合いを入れるスイに、思わず肩の力が抜けてしまった。

湖で身体と服の汚れを落とし、風魔法で乾かして、プラムなどのフルーツを食べながら次はなにをすべきかと考える。

——うん、布作りが最優先事項だな！　タオルがないのが地味に不便すぎる！

スイもずっとメイド服では動きづらいだろうし、僕ももっとラフな服に着替えたい。

僕はもう、貴族じゃないんだし。

「たしか、キヌイの実を茹でたものが糸になるって言ってたよね」

石鍋に水を入れてかまどにかけ、沸騰したところへキヌイの実を入れて様子を見る。

どれくらい煮るのか聞いておくんだったな。

木の棒でつつきながら煮ていると、最初はカチカチだった実が少しずつ柔らかくなり始めた。

柔らかさはどんどん増していき、最初からは想像がつかないくらいにふにゃふにゃになっていく。

「うわあ、こんなに柔らかくなるんだ？　そろそろいいかな……」

柔らかくなった実を石鍋から引き揚げ、少し冷ましてから皮をむくと、中から極細の素麺のような、サラサラとした糸が現れた。

「皮、こんなに薄かったんだね。実のほとんどが糸になってる」

僕とスイは続々と実を茹で、冷まし、皮をむいて糸を量産していく。

できあがった糸を綺麗に洗って乾かすと、美しい絹糸のような糸が完成した。

「とても滑らかな触り心地ですね。スルスルです」

「きっと着心地のいい服になるよ。スイはどんな服がいい？」

「——わ、私は、リース様がくださるものならなんでも嬉しい、です」

スイは、もじもじしながら視線を彷徨《さまよ》わせる。照れるポイントあったっけ？

そんな言い方されると、こっちまで恥ずかしくなってくるな……。可愛いけど！

「うーん……。あ、そうだ！　ちょっとやってみたいことがあるんだけど、いいかな？」

「はい、もちろんです！」

「それなら——」

僕は昨日リュアが作ってくれたテーブルの上に、キヌイで作った糸とブルーベリーを置いた。

「り、リース様？　まさかこの糸を召し上がるおつもりですか？」

「いやいやまさか。まあ見てて！　スキル【アイテム錬成】！」

テーブルに向って手をかざし、頭の中にあるものをイメージする。うまくいきますように！

糸とブルーベリーが強い輝きを放ちながら、うねうねと形を変えていく。

そして——テーブルの上に紫色のワンピースが完成した。

「わあ……！　綺麗な紫……！」

「ふふ、成功してよかった。サイズが合わなかったら調整するから、着てみてくれる？」

「ありがとうございますっ！　リース様大好きですっ！」

スイはよほど嬉しかったのか、勢いよく僕に抱きついてきた。

「うおっ――⁉　ち、ちょっとスイっ……！」

5歳の僕に比べてスイのほうが圧倒的に長身のため、勢いを受け止めきれずよろける。

「――はっ！　も、申し訳ありません！　私ったらなんという無礼を……」

「いや大丈夫、大丈夫だけどね？　そこじゃなくて、急に抱きつくと危ないよ」

「も、申し訳ありません……。これ、着てきますねっ！」

スイはできたてのワンピースを持って家の中へ入っていった。


「――ど、どうでしょう？」

ワンピースを着て戻ってきたスイは、恥ずかしそうにくるっと回ってみせる。

いつもの「世話係のメイドさん」ではない、普通の女の子らしい姿を見られたことが、なぜかたまらなく嬉しかった。

「すごく似合ってるよ。サイズも問題なさそうだね」

「はいっ！　ありがとうございます！　着心地もとてもいいですし、色もとても素敵ですっ！」

スイはくるくる回りながら、新しいワンピースを堪能している。微笑ましい。

――微笑ましいんだけど。作らなきゃいけないのはこれだけじゃないんだよな！

「気に入ってくれてよかったよ。あ、あとさ、その……下着類も作ったほうがいいよね……」

「ふぇ⁉　あっ、そ、そうですね？　いえでも、リース様にそこまでさせるわけには――」

「でも僕しか作れないし……。変な意味じゃなく、その、どんなやつ使ってるの？」

「どんな、ですか？　普通ですよ。左右に紐がついていて、横で結ぶ形です。上はこう、胸を覆うような形になっていて――。お見せするのはその……着ているものしかないので恥ずかしいです……」

「いや見せなくていいから！　大丈夫！」

な、なるほど、この世界の女性用下着は、紐で結ぶタイプなのか。

ちなみに男性用は、ウエスト部分に紐が通っていて、それを縛る形で固定する仕様になっている。

「上はサイズが分からないと作れないから、紐で計って教えてくれるとありがたい」

「わ、分かりました。エプロンの紐で計ってきます」

スイはやや戸惑いを見せたが、実際作れるのが僕しかいないし、ないと困る。

そのため諦めたのか、そう言って再び家の中へ戻っていった。

――スイが計っている間に自分の服を作ろう。

長めのTシャツと、ハーフパンツっぽいのが動きやすいかな？

僕は白いTシャツと濃い紫のハーフパンツ、下着、タオルを2枚、それから2人分のリュックを作った。あとはスイの下着を作ったら、残りは布にして置いておこう。

「お、お待たせしました。トップがこの長さで、アンダーがこの長さです……」

「分かった。ありがとう」

僕が動揺するとスイが恥ずかしい思いをするだろうし、冷静に、冷静に――。

「――スキル【アイテム錬成】！」

完成した下着をスイに渡し、形状に問題がないかを確認してもらう。

ちなみにブラは、ホックがないので紐を後ろで結ぶ形にしてみた。

「すごいです、完璧です！　着け心地もよさそう……！　ありがとうございます！　リース様も身軽になりましたね。お似合いですよ！」

「あはは、ありがとう。下着も問題なさそうでよかったよ」

服や下着、タオルなどの布類は、必要に応じて増やしていくとして。

――次は家の中を充実させる必要があるな。

「昼ごはんを食べたら、家具作りをしよう」


昼ごはんのあとは、昨日ライアがくれた再生する木を使って、ベッドと棚を作った。

個室にベッドと棚を１つずつ、リビングとキッチン用に棚を計５つ。

まだ物も少ないし、これだけあればある程度収納もしやすくなるはずだ。

「今日はだいぶ進んだね」

「お疲れ様です。少しお休みください。過労は命の敵、なんですよね？」

「──う、そうだね。分かったよ。じゃあ少し外の空気を吸ってくる」

「はい。──そうだ！　リース様、キッチンお借りしてもいいですか？」

「うん。僕は外にいるから、何か分からないことがあったらいつでも呼んで」

「ありがとうございます！」

……大丈夫かな？　何作るんだろう？

スイのことが気になりつつも、僕は外へ出て草の上に寝転がり、しばし休憩することにした。

数分後、カップを持ったスイがこちらへ向かってくるのが見えた。

「あ、あの……大変お手数なのですが、こちらのカップに水を入れていただけませんか？

キッチン、流し台はあるのですが水道がなくて……」

「あれ、そうなんだ？　分かった」

水魔法で水を出してやると、スイは「ありがとうございます！」と嬉しそうに一礼して、再び家の中へと入っていった。

そういえば、妖精たちに水道の説明をするの忘れてたな。

僕だけなら困らないけど、スイは魔法が使えないし、水回りの改善も早急に進めないと。

どういう形にするのがいいかな。

家電みたいに自動化できる方法があれば一番いいんだけど……。

そんなことを考えながらぼんやりしていると、スイがカップを2つ持って戻ってきた。

「リース様、お待たせいたしました。プラムのジュースを作ってみたので、よろしければ召し上がってください」

「ジュース？　すごいね、おいしそう！　ありがとうスイ！」

カップを受け取ると、プラムの甘酸っぱい香りが一気に押し寄せた。

皮ごとすりつぶしたのか、赤寄りのピンク色をしていて少しとろみがある。

「――っ！　爽やかでおいしい！　砂糖も少し入れた？　ちょうどいい甘さだね」

「本当ですか!?　はい、金平糖を砕いて入れました。よかったあ。えへへ」

スイはほわっと表情を溶かし、僕の横に座って自分の分に口をつけた。

「――そうだ、スイ、カップ貸して」

「へ？　は、はい」

スイのカップに、氷魔法で出した氷を3つほど追加する。そして自分の分にも。

「わあ、氷！　そっか、リース様、全属性の魔法が使えるようになられましたもんね。ありがとうございます。――ふふ、冷たーい！」

「――なんか、こういう共同作業みたいなのいいよね。一緒に暮らしてるって感じ」

「はいっ。でもそう感じるのは、リース様がお優しいからですよ。ですが私も、リース様の隣にいられて幸せです」

僕とスイはそのまま並んで、じっくりゆっくりプラムジュースを堪能した。
甘酸っぱく爽やかな飲み心地に、心も身体も浄化されていく。最高だな。

「ライアとリアードがくれた木と作った畑も守りたいし、柵を錬成し直そうか」

「はいっ！」

プラムジュースで休憩をとったあと、僕たちはもうひと頑張りすることにした。

柵自体の高さや強度は関係なく、囲ってさえいればスキル【神の祝福】の力で守られるが、それでもある程度はビジュアルにもこだわりたい。

僕はいったん柵をただの木材へ戻し、スイと協力して柵で囲う範囲を広げて、【アイテム錬成】でカントリー風の高さが低いガーデンフェンスをイメージしながら再錬成した。

「――うん、まあまあかな！」

「わあ、こうして広い範囲を囲うと、お庭ができたみたいで嬉しいですね！」

「庭かあ。たしかに！」

それに、これで畑の作物もりんごも安心して育てられる！

温かみのある、２人で住むのに充分なログハウスと庭、りんごやキヌイを含む木と畑。

妖精たちの力が大きいとはいえ、それらが柵で囲われて「拠点」となった姿を見ると、なんだか感慨深くてジーンときてしまった。

安全と食料の確保は最優先事項だし、早い段階でここまで進められてよかった。

これでひとまず、ここにいる間は安心して生活でき――。

「ぷる……ぷるる……」

「――うん？　スイ、なんか言った？」

「へっ？　い、いえなにも……」

「ぷるるー」

――な、なんだこの謎の音？　――いや、鳴き声か？

家の周囲を確認すると、畑側の柵の外に3体の青い半透明のスライムがいた。

重力で潰れているのか半球状で、サイズは直径15センチないくらい。

「――す、スライム!?」

「ぷるるー」

僕のスキル【神の祝福】に守られているエリアへは入って来られないため、柵の外をうろうろしている。

つぶらな瞳が可愛くはあるが、スライムも魔獣だ。

あのオコジョルみたいに友好的な魔獣ならいいんだけど……うーん……。

僕は試しに、りんごを1つもいで投げ、様子を見る。

「ぷるー。ぷるるー」

「……見向きもしないね」

「そ、そうですね……。このまま数が増えて囲まれたらどうしましょう」

怖いこと言うなあああ！

「──スキル【鑑定眼】！　……えっ？　え、なんでしょうこれ？」

「どうしたの？」

「あのスライムたちの近くに半透明の板のようなものが出てきて、そこに文字が……」

「なんて書いてあるの？」

「それがその、私、文字が読めなくて……」

Ｏｈ……。この世界、貴族以外の識字率低いんだよね！

「えっと……地面に書ける？」

「や、やってみます」

スイは木の棒を使って、地面にいびつな文字を記していく。

しかししばらくしたところで。

「──あれっ？　す、すみません、文字が消えてしまいました……」

「えっ？　まだ力に慣れてなくて不安定なのかな……。ええと、『レアスライム。山の所有者の味方となり働いてくれる、特別なスライム』──つまり僕たちの味方ってこと？」

レアスライムたちは、ぷるぷると震えながらこちらを気にしている。

僕は試しに柵の外へ出て、そっと近づいてみることにした。

「ぷるる、ぷるー」

レアスライム３体は特に距離を詰めてくることも逃げることもせず、ただただ大人しくふるふる震えながら僕を見つめてくる。

「えーっと……入りたいの？　悪さしない？」

「「「ぷるー！」」」

「じ、じゃあえええと……『指定のレアスライム３匹がエリア内に入ることを許可する』！」

僕が許可を与えると、妖精のとき同様、レアスライムたちが一瞬白く輝いた。

落ち着いたあたりで僕が柵の中へ戻ると、レアスライムたちもぽよぽよとそれに続いて入ってくる。

「ぷるるー♪」

なんとなくだけど、喜んでいるように見えるな。可愛い。

「……か、可愛いですけど、入れてしまって大丈夫なんですか？」

「敵意はないみたいだよ」

「そうなんですね！　よかったあ！　でも、最後まで書けなくて申し訳ありません。もう一度スキルを発動させて続きを――」

「いや、無理はよくないよ。スイはスキルを使えるようになって間もないし、身体が慣れてなくてかかる負荷が大きいんだと思う。今は味方だと分かればそれで充分だよ。ありがとう」

「すみません……。お気遣いありがとうございます」

こんな医者もいない山奥でスイに倒れられたら、そっちのほうがどうしたらいいか分からないし。それになにより、スイに無理はさせたくない。

スライムたちは、ぷにぷにぽよぽよしながら草の上をうろうろしている。

なんだか無限に見ていられるな。この子たち、マイナスイオンとか発してそう。

「ふふ、こうしてじっくり見てると、ほのぼの和みますね～」

「だね。可愛いペットができた気分だよ」

そこから僕とスイは晩ごはんを作り、あとからやってきた妖精たちやオコジョルと一緒に食事を取って、金平糖の回収に勤しんだのちスライムを眺めながらこの日を終えた。

——今日も楽しかったな。

晩ごはんに潰したじゃがいもとゆで卵、枝豆、塩と砂糖を少々混ぜ込んだポテトサラダもどきを作ったところ、またしてもみんなに天才扱いされてしまった。

実は僕、料理の才能があるのでは？

先のことを考えると、もちろん不安がないわけじゃない。

でもこれまでのことを考えたら、しばらくのんびり暮らしたって罰は当たらないだろう。

余っていた布でシーツを作って草の上へ敷き、２人で横になる。

「草がふかふかしているせいか、シーツがあると普通にお布団みたいですね！」

「あはは、そうだね。でもそのうち雨も降るだろうし、次にキヌイの実が手に入ったら、今度こそ寝る環境を整えよう」

「はいっ！」

明日はなにをしよう？　なにができるだろう？

とりあえず、畑での栽培がうまくいきますように！


スイとの山暮らし3日目の朝。

「リース様、おはようございます！　大変です！」

「――んん、おはよう、スイ。どうかしたの？」

寝起きのぼんやりした頭で目をこすり、なにがあったのかと周囲を見回す。

なんだろう？　特に魔獣に襲われている様子はないし――。

「畑が――畑がすごいことになってます！」

「……え？　――えええええええ!?」

慌てて畑のほうを見に行って、僕は思わず言葉を失った。

なんと、昨日種や苗を植えたばかりの畑に立派な作物が実っていたのだ。

ラズベリーにブルーベリー、キャベツにトマト、じゃがいも、どれも見事に育っている。

じゃがいもも試しに土を掘ってみたところ、実がゴロゴロとついていた。

どの作物も、完全に収穫時期を迎えている。

「ど、どういうこと……？　こんなことある!?」

畑の奥の木を植えてあるエリアを見ると、昨日使ったはずの木々も完全回復していた。

試しに植えたプラムの種も、早くも立派な木になりつつある。

さすがに実はまだみたいだけど、でもこの調子なら数日中には実をつけるだろう。

しかも野菜もフルーツも、どれをとってもみずみずしく艶やかで、見るからにおいしそうだ。

周囲には、りんごやベリーの爽やかで甘い香りが広がっていた。

僕は試しにトマトをもぎ、軽く拭いてかじってみることにした。

「――っ！　うっま！　え、すごくおいしい！　なにこのトマト!?　スイも食べてみて！」

「はい。い、いただきます。――っ!?　これとっても甘いですっ！」

トマトは果肉がしっかりしていながらみずみずしく、それでいで味も濃くて、甘さと酸味のバランスが絶妙だった。青臭さも全然ない。

森で収穫したものもかなりクオリティが高いと思っていたが、さらにレベルアップしている。

「昨日の今日でこんなにおいしく、しかもたくさん実るなんて、いったいどうなって――」

そこまで考えたところで、作物がガサガサと不自然に揺れ、隙間から昨日のレアスライム３体が現れた。

「ぷるるー」「ぷるー」「るー」

「うおっ、こんなところにいたのか！　作物を荒らしちゃダメ――って、あれ？」

よく見ると、スライムたちが通った場所がうっすらと光っていた。

光は周囲の作物に吸収され、今度は光のベールとなって作物を覆い、そして消えていく。

「……もしかして、作物がこんなにたわわにおいしく実ったのって、この子たちのおかげ？」

「えっ⁉　スライムってそんな力があるんですか？」

「普通のスライムは、生ごみを分解するとか溶解液を吐き出すとか、それくらいのことしかできないはずだよ。こんな画期的な能力はない――はず。多分。でもレアスライムらしいし、もしかしたら……」

「ぷるー？」

レアスライムは本能的かつ無自覚にやっているのか、なにを言っているのか分からない、みたいな顔でこちらを見てくる。分からないのはこっちだよ！　でもなんかありがとう！！

思いがけず作物の収穫時期となったため、僕とスイは朝から収穫作業に勤しみ、採れたての野菜を使って朝ごはんを作ることにした。

さっきのトマトがめちゃくちゃおいしかったため、今日の朝ごはんはスイが作ってくれたラズベリージュース、茹でたじゃがいもと枝豆、切ったトマトとシンプルに。

枝豆は大樹のものだけど、これはこれで元々味が濃く絶品なのでなにも問題ない。

「――おいしいっ！　じゃがいもってこんなに味が濃い野菜でしたっけ？　ホクホクしていて甘くって、塩だけとは思えないくらい完成された味です！」

「このラズベリージュースも、とってもおいしいよ。収穫作業で疲れた身体に染みる〜！」

「……幸せですね。きっと、世界一贅沢な朝ごはんです。ふふっ」

——世界一贅沢な朝ごはん、か。いいことを言う。たしかにそうかもしれないな。

幸せそうに笑うスイを見て、じんわりと心が温まるのを感じた。

「でもこの速度で育つとなると、妖精さんたちが来ることを考えても食べきれないですね」

「そうだね。近くに町があれば、売りに行くこともできるんだけど……」

でも、どう考えても近くにそんな場所は存在しない。

転移魔法を使ってみる手もあるが、実は転移はとても扱いが難しい複雑な魔法で、下手をするとたどり着く前に身体がバラバラになり、挽き肉になって死んでしまう。

そこまではいかなくても、位置を指定するのは至難の業だと、以前読んだ本に書いてあった。

位置の指定が甘いと、木がある場所に転移して串刺しになったり、海の中に転移して溺れ死んだりする例もあるそうだ。

僕たちが今こうして生き残れているのは、本当に偶然、たまたま、運が良かっただけのことなのだ。

さすがに、作物を売るためにそんな危険は冒したくはない。

——いや、待てよ？　でも飛行魔法で飛ぶことはできるのか？

それができるなら、少なくとも周囲を見渡すことはできるし、空からなら小さい集落くらい見つかる可能性も——。

食事のあと、僕は早速飛行魔法に挑戦してみることにした。

飛行魔法も、魔法の中ではイレギュラーかつ高度で、危険を伴うものではある。

バランスを崩せば落下する可能性もあるし、制御不能になって死ぬまであちこちにぶつかり続け、周囲が血に染まる事件も実際に発生している。

でも今の僕なら、少し浮くくらいなら——！

意識を集中し、風魔法と一時的かつ限定的な重力消去魔法を自分にまとわせ、同時に体内への負荷を軽減し状態を維持する身体強化魔法を発動させる。

しばらくすると、足下にふわっと風が舞い、少しずつ身体が浮かび上がるのを感じた。

「り、リース様!?　か、身体が浮いて——」

「——ごめん、これ初めて使う魔法なうえ、結構難しいんだ。今は集中させて」

慎重に慎重を重ね、集中し、感覚を身体に馴染ませる。

こうした掛け合わせを必要とする魔法は、この「馴染ませる」工程が、身体に覚えさせることが非常に重要なのだ。

——だいぶ安定してきた、かな？

そのまま少しずつ上昇を続け、ようやく周囲が見渡せる高さまで飛ぶことに成功した。

しかし——。

「うーん、覚悟はしてたけど、本当になにもないな……」

周囲は見事なまでに山や森に囲まれていて、実は自分たちしかいない別世界へ飛ばされたのではとすら思えてくる。

だが当然、転移魔法にそんな力はない——となると恐らくはやはり——。

僕はゆっくりと下降し、問題ないことを確認して魔法を解いた。

「ここは多分、アトラティア王国の北にある未開の地のどこか、かな……」

まあ、予想はしてたけど。

もしくはまったく別の国の山奥という可能性もあるが、いくら位置指定をすっとばしてランダムに転移させるにしても、それが魔法である以上範囲には限度がある。

範囲を広げるとそれだけ魔力消費量もコストも上がるわけで、父上がすぐ死にそうな僕とスイにそこまでするとも考えにくい。

「そう、ですか。——そ、それよりリース様！　今のはなんです!?　リース様、空も飛べたんですね!?　私、飛んでる人なんて初めて見ました！」

「あはは。一応、魔法として存在することは知ってたんだ。前に本で読んだことがあって——」

スイにとってはここがどこかは割とどうでもいいようで、それよりも僕が空を飛んだことに感動し、目を輝かせている。

飛んだっていっても、今回は少し高く浮いただけだけどね。

でも、この短い時間でだいぶ魔力を消費した感がある。正直疲れた……。

魔力量が引き上げられたとはいえ、飛行魔法を使いこなすにはまだ時間がかかりそうだ。

作物を売りに行ける日はまだまだ先だな。残念。


『――それなら、魔物を倒して魔石を使えばいいんじゃないかな』

僕が町へ行きたいと話すと、リアードは思いついたようにそう言った。

「ま、魔石ってでも、すごく強い魔物からごく僅《わず》かしか取れないんだよね？」

魔石は、上級貴族の屋敷では広く使われている。

適切に使うことで魔力の消費量を大幅にカットできるし、魔法適性がなくてもその恩恵を受けられるため、使用人の仕事効率を格段に上げられる。そして、魔石を多く使い利便性を高めていることが権力の象徴ともされているのだ。

しかし、魔石は高位の魔物を討伐してようやく少量得られる希少性の高いもの。

魔物と戦ったことがない僕が魔石を手に入れるなんて、そんなことできるだろうか？

「それに、この山にいる魔物が友好的すぎて、狩る気になんてなれないよ」

『魔物が友好的？　もしかしてオコジョルやレアスライムたちのこと？　あれは魔物じゃなくて神獣だよ。神獣も本来は人に懐かないけど、山の所有者であるリースハルトのことを主と認識してるんじゃないかな』

「神獣!?　え、あの子たち神獣だったの!?」

『たしかのリースハルトのとこにいるレアスライムは、畑の栄誉や力を作物が受け取りやすいように変換するんじゃなかったかしら？』

力を受け取りやすいように変換、なるほど！

柵で【神の祝福】の力が高まってる中そんなことされたら、そりゃあ見事に育つよね！

それに、まさか神獣の主になっていたなんて。驚きすぎて言葉が出ない。

この世界って神獣もいたのか。

でもそれなら、この山に来て一度も魔物と遭遇してないことになるけど。

いったいどういうことなんだろう？

『魔物は、山頂付近にはあまりいないの』

『大樹に近いこの場所は、大樹の力が強くて魔物があまり近寄れませんの。一種の神域のようなものといえば分かるかしら？』

し、神域!?　ここって神域だったの!?

『もちろん正確には違うけど、でも空気はそれに近いものがある。神域と人間界の中間くらいかな。それでも少し前までは、たまにこの辺りでも魔獣が出現してたよ。でも今は、リースハルトの影響で力が高まったからね』

どうやら僕は、とんでもない場所へ飛ばされたらしい。そして僕の力も本当すごい。

ありがとう【神の祝福】！

「そ、そっか。でも、魔物の討伐なんて僕にできるかな……」

『まあ、なにを弱気なことを言っていますの？　リースハルトほどの力があれば、大抵の魔物は一瞬ですわ！』

『それに魔物を討伐すれば、山の空気が浄化されて大樹の力が強まるよ』

「……どういうこと？」

『魔物は、淀みから生まれて淀みを放出する生き物なんだ。大樹には、そうした淀みを吸い上げて浄化する役割もある。淀みは山に悪影響を及ぼすからね』

――つまり魔物が減れば、浄化に使われているエネルギーが別な場所へ回せるってことか？

魔石もほしいし、この山が元気になってくれるのは僕も嬉しい。

それなら今後のためにもやってみる価値はありそうかな。

スイにも、できるだけ快適にストレスなく暮らしてほしいし。

魔力やスキルが使えなくても安心して暮らせる環境を確保しなければ。

「分かった。やってみるよ」

「リース様!?　そ、そんな、危険です！」

「大丈夫。ブロンドール家を出たってことは、自分の生活は自分で守らなきゃいけないってことなんだ。せっかく山を手に入れたんだし、僕は動くよ」

ただ問題は、スイを連れていくわけにはいかないってことだな。

柵もあるし安全だと思いたいけど、万が一のことがあったらスイには身を守る術がない。

かと言って、魔物がいる危険地帯へ連れていくのは余計に問題だろう。

僕は戦闘には不慣れだし、万が一魔物に囲まれでもしたらスイを守れる自信がない。

『――リースハルトはスイのことが心配なんだね。大丈夫、リースハルトが留守の間はボクたちがここを守るよ』

『わたしたち、戦うのは得意じゃないけど守るのは得意なの！　任せるの！』

僕の心の内を察したのか、リアードがそう提案し、リュアも胸を張る。

『では、わたくしはリースハルトに付き添いますわ。山での生活には不慣れでしょうし、まだ分からないことも多いでしょうから』

「みんなありがとう、助かるよ！」

『ふふ、どういたしまして。リースハルトの力でこの山がどう変わっていくのか、わたくしも興味があるのですわ』

ライアの言葉に、リュアとリアードもうんうんと頷いている。

この山がどう変わっていくのか――か。頑張らないとな。

でもまずは、快適かつ安心安全な暮らしを手に入れたい！

第五章　逃亡奴隷が仲間になった！

スイとの山暮らしを初めて、１ヶ月ほどが経った。

「そろそろ魔獣の討伐に挑んでみようと思う」

「つ、ついに向かわれるんですね……」

キヌイ製の布と枯草で作った布団や枕、追加分のタオルや服、床に敷くマット類、スリッパ、それから水瓶や保冷庫も完成させて、ここでの暮らしもだいぶ文化的になりつつある。

最初は靴のまま家へ上がっていたが、掃除が大変なこともあり、途中から日本スタイル――つまり靴を脱いで上がるスタイルへと切り替えた。

これにより、いつでも床に寝転がることができるようになって、生活が一層快適になったと感じている。お気楽生活万歳！

スイも、このほうがリラックスできると気に入ってくれた。

保冷庫に関しては、木箱に氷魔法をかけた簡易的なもので、上には木の蓋がかぶせてある。

定期的に魔法をかけ直す必要はあるけど、収穫した食材の保存もしやすいし、なにより手軽に冷たいフルーツが食べられるようになって嬉しい。

プラムの木も、今や立派に育ちみずみずしい実をたわわに実らせている。

――あとは魔石を手に入れて、シャワーや水道、空調設備をどうにかすれば……！

今のところ、水の確保は僕の水魔法、もしくは湖で汲んで水瓶に貯蔵する形をとっている。

お湯はないので、僕が火魔法との掛け合わせでお湯を出すか、石鍋で加熱するしかない。

それでも、あったかいお風呂に入れるのはとても助かっている。


朝食を食べ終えたあと、僕はライアとともに山の中腹あたりへ向かってみることにした。

「り、リース様、本当にお気をつけくださいね……」

「うん、分かってる。スイを1人にはできないからね。必ず戻ってくるから安心して」

暗くなる前に戻ってきたいので、準備は昨日のうちに済ませてある。

リュックには、水分補給用のカップと金平糖（塩含む）、りんごを3つ、それからタオルを入れた。

こういうとき、水魔法や氷魔法が使えるのは便利だよな。

念のため、腰には石と木で作った短剣も装備した。

「それじゃあ、行ってくるね。リアード、リュア、スイを任せた！」

「いってらっしゃいませ、リース様！」

『任せられたの！』

『こっちのことは心配しないで！』

「ぷるるー！」「ぷるー！」「るー！」

スイ、リュア、リアード、それからレアスライムに見送られ、僕とライアは森へと向かった。

山を下りる途中、ライアは森の植物について教えてくれた。

回復薬や毒消しの素となる薬草、甘い蜜が採れる木、さまざまな効果が得られる木の実など、そこかしこに有用な植物が自生しているようだ。

『そうそう、ミルの実の果汁は栄養満点ですのよ。わたくしたちもよく朝食にいただきますわ』

ライアがそう言って向かった先には、巨大なくるみのような、硬い殻に覆われた形の実がなっていた。直径１０センチくらいある。

「へえ、僕も飲んでみていい？」

『もちろんですわ！　ただ、外皮が固いのが難点で――』

「それなら大丈夫だと思う」

僕は短剣と手を駆使してミルの実をもぎ取り、外皮を【アイテム錬成】でコップ状に変えた。

これなら快適に飲める。

『硬い外皮を一瞬で……！　本当に便利なスキルですわね⁉』

「あはは。だんだん使い方のコツを掴んできたよ」

実の中には、真っ白でサラサラとした液体が入っていた。

ゴクッゴクッゴクッゴクッ――。

「――ぷはあっ！　すごいねこれ、完全にミルクだ。おいしい！」

『ふふ、気に入ってくださって嬉しいですわ』

もっとココナッツミルクのような味わいかと思ったが、完全にミルク、つまり牛乳のような味がした。一人分として量もちょうどいい。これはぜひとも取り入れたい。

「これ、帰りに持って帰りたいんだけど、またここに寄ってくれる？」

『もちろんですわ。……そういえば、そのリュックはアイテムバッグではありませんの？』

「これはキヌイで作った普通のリュックだよ」

ちなみにアイテムバッグというのは、日本で定番だった異世界転生ものやゲームでおなじみの、異空間に収納できる便利アイテム的なあれだ。

父上や母上、兄上２人は持っていたが、僕みたいな出来損ないには不要だと言って与えてくれなかった。

それに仮に持っていたとしても、あんな状況で飛ばされれば持ってこられるはずがない。

この世界では魔道具の一種という扱いで、重さを感じないこと、所有者登録した者以外は中身を取り出せないことから非常に重宝されている。

だが当然とても高価で、ちょっとした家が買えるくらいの額だと以前兄上が自慢していた。

『アイテムバッグ、魔石があれば、リースハルトならきっと簡単に作れますわよ？』

えっ――!?

「でもあれは、すごく高度な技術が必要なもので――」

『スキルがあってイメージさえできれば、そんなこと関係ありませんわ。神の力ですもの。見たことはあるのでしょう？』

「そりゃあ……家族は、僕以外は持ってたからね……」

でもイメージって言われても、元日本人である僕にとってアイテムバッグは異次元すぎて、仕組みがまったく分からない。

雰囲気でならイメージできるけど、そんなんで作れるのかな？

『魔石はわたくしたちにとっても必要なものですし、そう易々と渡すことはできませんけれど……その小さな身体でアイテムバッグがないのはあまりに不便すぎますわ。特別に1つだけ差し上げます』

ライアはそう言って、黒に近い紫色をした、ガラスの破片のような石を渡してくれた。

縦長で、僕の手のひらにちょうど収まるくらいの大きさをしている。

よく見ると、中で小さな粒子がキラキラと輝いていてとても綺麗だ。

「わあ、これ魔石？　こんなに大きい状態で見たのは初めてだよ。ありがとうライア！」

「死んだ魔物から現れた原石そのままの状態ですわ。でもたしかに、この山の魔物が落とす魔石は少し大きめかもしれませんわね」

魔石は非常に高価なため、通常は1センチから2センチほどの宝石状に加工されて用いられるのが一般的だ。

原石そのままの状態を見るのは初めてだった。

『リュックと魔石を一緒に置いて、いつも通りにスキルを使えばできますわ。多分ですけど』

「わ、分かった。やってみるよ」

僕はリュックに入れていたものをいったん出して、空のリュックと魔石を一緒に地面に置く。

そして漫画やゲームで見たアイテムバッグ、それから兄上が見せびらかしてきたものをイメージしながら手をかざし、「スキル【アイテム錬成】！」と唱えた。

バッグが真っ白――ではなく、やや紫がかった光に包まれていく。そして。

「――お、終わった？」

しばらくすると光が消え、魔石も消えて、地面にはリュックだけが残っていた。

「成功したのかな、これ。所有者登録ってどうやるんだろう？」

『指先に魔力を込めて名前を書けば、登録完了ですわ』

指先に魔力を……。

僕はライアに言われた通り、アイテムバッグとなったリュックへ名前を書いた。

名前は数秒ほど白く光り、布へ染み込むようにスッと消えていく。

「うおっ⁉」

そして光が静まったと思ったら、急に自動でステータス画面が開いた。

＊＊＊＊＊

アイテムバッグ

魔石の力を付与したバッグ。上級魔道具。

魔石の補充、もしくは自身の魔力と連携させることで、収納用の異空間を得ることができる。

生き物不可。魔力連携の場合のみ、所有者登録が可能。

＊＊＊＊＊

これまでの【アイテム錬成】では、こんな画面出てなかったよな？

魔石が加わって魔道具になると教えてくれるってことだろうか。なんにせよ便利で助かる！

リュックの見た目に変化はなく、いまいちピンとこなかったが――中身を戻したところでその軽さに驚いた。物を入れても、重さがまったく変わらない！

「す、すごい……！　これがアイテムバッグ……！」

『ふふ、よかったですわね。これで、ミルの実くらい取り放題ですわ』

ライアは腰に手を当て、ドヤ顔でふんぞり返っている。

この子、実はめちゃくちゃいい子だよな。

ツンデレのせいでオコジョルに嫌われるの可哀想！

「ありがとう、ライア。本当に助かったよ！　魔石は、僕が手に入れられたら返すね！」

『それは差し上げたものですわ。わたくしのほうが先輩ですもの、面倒を見るのは当たり前です。ほら、収穫したら行きますわよ！』

ライアはそれだけ言って、進行方向へ飛んでいってしまった。

ミルの実を５つほどアイテムバッグ化したリュックに収納し、ライアのあとを追いかける。

――が、少し進んだ先で止まっていた。

『リースハルト、魔物がいましたわ。あれは――ボーアですわね』

ひそひそ声でそう耳打ちし、前方を見るよう促す。

――っ！　あ、あれが魔物。

木に阻まれているため若干見づらいが、５０メートルほど離れた場所に、目を赤く光らせて禍々《まがまが》しい黒い霧をまとっている巨大猪のようなバケモノがいた。

あの黒い霧みたいなのが「淀み」というやつなんだろうか？

いやいや待って無理無理無理無理無理。

あんなん近づいた瞬間死ぬだろ無理いいいいいいいいいいいいい！

『ち、ちょっと！　落ち着きなさいリースハルト。魔石がほしいのでしょう⁉』

ライアは逃げようとする僕の襟首を掴み、小声で必死になって食い止めようとしている。

小さいくせに、浮いてるくせに、意外とそれなりに力は感じる。

「だって、あんなの僕に倒せるわけないよ！　戦闘訓練なんてまったく受けてないのに！」

『今のリースハルトなら大丈夫ですわ！　いざというときはわたくしも手を貸しますから！』

さっきリュアが「戦うのは得意じゃない」って言ってたの、忘れてないぞ！

――でも、ここで逃げても誰かが倒してくれるわけじゃないいんだよな。

それに淀みが濃くなると、神獣が淀みに当てられて狂暴化する危険性も出てくるらしい。

もしオコジョルみたいな可愛い神獣が犠牲になったら――。

「……分かった。でもあんなの、本当にどうしたらいいの？」

『えっ――。そ、それは……な、なんでも構いませんわ。なんかこう、ババッと！　ズバッとどうにかすれば、リースハルトなら絶対勝てますわ！』

どう考えても無茶振りがすぎる。やっぱり戦い苦手だろ！

ええ……どうしよう？　どうしたらいいんだ？

ババッと？　ズバッと？

なんか黒いし、光属性なら効果ありそうではあるけど……。

そんなことを考えていると、巨大猪と目が合ってしまった。

目が、合ってしまった!?

のそのそと森の中をうろついていた巨大猪は、赤い目でギロリとこちらを睨み、向きを変えてすごい速度でこちらへ突進してきた。

どうすんだよこれ⁉

ああもう、やるしかない！　やらなきゃ死ぬ！

もうどうにでもなれえええええええええええええ！

僕は思いっきり魔力を込めて、とにかくなんか強い光魔法！　くらいのテンションでぶちかました。

すると僕の手のひらから、凄まじい量の虹色に輝く光がボーア目がけて発射される。

正直、自分で自分に驚いた。

でも、ひるんでいる場合じゃない。これで止められなかったら待っているのは死だ。

なんでもいいから、頼むから効いてくれえええええええええええ！

――くっ、光で前が見えない！　ボーアはどうなったんだ⁉　今どんな感じ⁉

『――ハルト！　リースハルト！　もうとっくに消し飛んでますわよ！』

「――へっ？　え？」

魔法を打つのをやめると、ボーアの姿どころか肉片すら残っていなかった。

「た、助かった、のか……？」

『まったく、あんな魔物相手にこんな強烈な魔法を打つなんて、信じられませんわ……』

ライアは腕を組み、じとっとした目でこちらを見て呆れたようにため息をついた。

なにも教えてくれなかったくせに！

『でもまあ、討伐は成功ですわね。――それどころか思った以上の成果ですわ』

少し先には、キラリと輝く魔石が転がっていた。

「やった……！　僕も自分の力で手に入れられたんだね！」

『こっちにもありますわよ』

「――へ？」

僕の光魔法は思った以上に広範囲に及んでいて、奥に潜んでいたらしい別の魔物も知らないうちに討伐していた。火や水にしなくてよかった！

「魔石が5つも！　すごい！」

『ふふ、まったく。でもおめでとう。魔物や戦い方によっては、魔石以外の魔物素材が回収できることもありますわよ。慣れてきたら工夫してみるといいですわ』

「ありがとう。僕、頑張るよ！」

魔物から得られる素材は、扱いが非常に難しいため誰でも使えるわけではないが、魔道具作りに重宝すると聞いたことがある。

スキル【アイテム錬成】を使えば、僕にも魔物素材が扱えたりするのかな？

やってみたい！

一度に5体もの魔物を倒した僕は、少しだけ自信を得たのだった。

『――それにしても、あんな量を放出して魔力量は大丈夫ですの？　枯渇した状態で魔物と遭遇したら大ピンチですわよ。そろそろ引き返したほうが――』

「意外と大丈夫みたい。魔力量、ここに来たとき上がって３００になったんだけど、さっき見たら最大値が５７０になってたんだよね。せっかくだし、もう少し進んでみるよ」

ちなみに、ＭＰの残量は３９０だった。

あれだけぶっ放してもまだこんなにあるなんてすごい。

『５７０？　数値で言われても、基準が分かりませんわ……』

「ああそっか。ごめんごめん。それより、手に入れた魔石でやってみたいことがあるんだ」

『わたくしはべつにかまいませんわよ。どんなことですの？』

「ここまでは、進みづらい場所は【アイテム錬成】で道を作りながら来たけど。でも魔物が出るエリアへ差し掛かったみたいだし、ここから先はやめたほうがいいと思うんだ」

『それはまあ、そうですわね？』

「だから魔石で、もっと軽やかに、ふわっと動ける靴を作れたらなと思って」

「なるほど、それはいいアイデアですわ！」

まあ、そんな魔道具があるかは知らないけど。でもやるだけやってみよう。

「スキル【アイテム錬成】！」

脱いだ靴の中に魔石を入れてスキルを発動させると、先ほど同様、靴が紫色の光に包まれた。

光が静まり、自動でステータス画面が開かれる。

＊＊＊＊＊
強化靴
魔石の力を付与した靴。上級魔道具。
魔石の補充、もしくは自身の魔力と連携させることで、跳躍力が大幅に上昇する。
＊＊＊＊＊

「やった！　成功だ！」

試しに履いてジャンプしてみると、身体がふわっと軽くなったのを感じる。

『どうかしら？　うまくいきまして？』

「ばっちりだよ！　これなら山道も楽勝だ」

僕とライアはりんごを食べながら少し休憩して、もう少し下へ進んでみることにした。

魔石を使った強化靴のおかげで足取りも軽く、よじ登らなければ進めないような場所もひょいひょい越えられるようになった。

「――それにしてもさっきはびっくりしたよ。本当に魔物が襲ってくるんだね」

『魔物は知能が低いから、リースハルトが主であることを理解できないのですわ』

最初に魔物と遭遇して以降、何度かボーアに遭遇した。

飛ばされた際、最初にたどり着いたのがこのあたりじゃなくて本当によかった……。

そんなことを考えながら魔物を討伐しつつ進んでいると。

「ピィ！　ピピィッ！」

近くで鳥の鳴き声がした。声は可愛いが、魔物の可能性が高い。

僕は周囲を見回し、声の主を探したが――。

「……し、シマエナガ⁉　可愛い！」

『シマ……？　その鳥は、シロエナガですわよ。中腹にいるなんて珍しいですわね』

ライアによると、シロエナガは神獣らしく、小さいながら賢い人気者だと教えてくれた。

「ピィッ！　ピピィッ！」

シロエナガは、僕とライアを見つけると急接近してきた。

そして目の前をくるくる旋回しながらなにか訴えかけてくる。

「……ついてきてって言ってる？」

『近くで、人間が魔物に襲われているらしいですわ』

「えっ――⁉」

『恐らく、主であるリースハルトの仲間かもしれないと知らせにきたのでしょうね。シロエナガがそう感じたということは、悪い人間ではありませんわ』

「どこか教えて！」

「ピピィッ！」

僕がそう言うと、シロエナガはこっちだと言わんばかりに森の中を進み始める。

しばらくついていくと、遠くから魔獣の唸り声と人間の悲鳴が聞こえてきた。

「――あれかっ！　魔獣3体に、人間が――10人⁉」

なにか魔道具のようなもので応戦しているが、どう考えても完全に押されていた。

中には子どももいる。

「た、助けなきゃ――！」

「あれはガロウですわ。ボーアより動きが速いから気をつけて！」

僕は急いで近づきながら、魔物に向かって水魔法を放出する。

全属性魔法が使えるようになったとはいえ、やはり元々適性があった水魔法と風魔法はコントロールがしやすい。

水魔法は見事魔物へ命中した。

巨大な狼のような魔物――ガロウの視線が一気にこちらへ向く。

「「「グルルルルルル！」」」

「「「ウオオオオオオオオオオオオオ！」」」

ガロウは威嚇し、咆哮をあげながらこちらへ向かってきた。――いける！

人間から離れたところで狙いを定め、光魔法を打った。

少し慣れてきたので最初よりは控えめに。

虹色の光はガロウに見事命中し、淀みを浄化していく。

そしてガロウは、魔石を残して跡形もなく消え去った――ように見えたが。

今回は魔石のほかにも、白いなにかがキラリと光った。

「これは――犬歯？　牙かな？」

『それはガロウの牙ですわね。ガロウの牙はとても硬くて、岩をも噛み砕く強度を持つと言われていますわ』

「い、岩――!?」

怖すぎるだろ！　無事勝ててよかった！

僕はライアの説明を聞きながら、魔石３つとガロウの牙を１２個拾い集めた。

それから、震えている人間たちのほうへと向かう。

人間は老若男女合わせて１０人いて、全員ボロボロの服をまとっているだけだった。

見たところ、逃亡奴隷かなにかだろうか？

そのうち一番ガタイの良い男は、結界を生み出す盾のような形をした魔道具を持っている。

だが魔力残量が少ないのか、その結界も消えかかっていた。

あと少し遅かったら危なかったな。間に合ってよかった。

でも、こんな山奥までいったいどうやって来たんだろう？

「あ、あの……」

僕が話しかけると、人間たちはビクッと身体をこわばらせ、警戒して身構える。

が、僕の姿をはっきり認識するなり、盾を持った男は気が抜けたような顔をした。

「こ、子ども……!?」

「木が邪魔でよく分からなかったけど、今、この子が助けてくれたような……」

「あ、あの、初めまして。僕に敵意はありません。その……お怪我はありませんか？」

僕は両手を上げて敵意はないと示し、ゆっくり近づきながらそう話しかける。

最初はみんな顔を見合わせ怪訝な様子だったが、大丈夫だと判断したのか、盾の男がほかへ待機するよう指示してこちらへ近づいてきた。

「……おまえが助けてくれたのか？」

「え、あ、まあ」

「そうか。助けてくれたことには礼を言う。だが……おまえ変わった身なりをしてるけど、魔法が使えるってことは貴族だよな？　こんな山奥でなにしてるんだ？　ここはいったい――」

男は周囲を見回し、困惑した様子でそう聞いてきた。

『ちょっと、この人間何様のつもりなんですの？　命の恩人に対してこんな無礼な――』

横で憤るライアを制し、僕は会話を続けた。

――というか、この人たちにはライアが見えてないのかな？　見えてるなら、なにかしら反応するよな？

「ここは、アトラティア王国北部に位置する辺境の山、シタデル山……だと思います。多分」

「多分ってなんだよ……。つーかシタデル山なんて聞いたことねえぞ……」

そりゃそうだろう。山の名前は、1ヶ月くらい前に僕がつけたばかりだし！

「あなたたちこそ、なぜこんな危険な場所へ？　いったいどうやって……」

「そ、それは……」

男はハッとして腕に焼きつけられた奴隷の刻印を隠し、困った様子で視線を彷徨わせる。

男が持っている盾は、どう考えても奴隷が入手できるようなものではない。

――と考えると、盗んで逃げてきたと考えるのが妥当だろう。

「この辺りは獰猛な魔物が多くて危ないですし、よかったらうちへ来ませんか？　――っていっても、山の上の小さな小屋なんですけど」

「……いや、それは」

「ちなみに、僕以外はメイドが1人いるだけです。ほかに人は誰もいませんし、誰も来ません。――それから、僕はもう貴族じゃないです。家を追い出されてここにいるので」

「なっ――！　追い出された⁉　だっておまえ、まだ……」

僕がそう言って笑うと、男は驚き、眉をひそめてじっとこちらを見る。

それから、しゃがんで僕に視線を合わせて言った。

「……おまえのこと、信じていいのか？」

「貴族がこんな格好で、しかも1人でこんな場所にいるなんて、どう考えてもおかしいでしょう？　つまりそういうことです」

「――ははっ、それもそうだな。分かった、信じよう。……どうせもう長くねーしな」

男はそう言って頭をかき、「紹介するからついてきてくれ」と仲間のところへ歩き出した。

そして僕が話したことを説明し、説得を試みる。

奴隷たちは皆やせ細っていて、身体のあちこちに傷を負っている。

「――まずは、皆さんの怪我の治療をさせてください。傷口が腫れている子もいますし、このままでは危険です」

光魔法――今度は虹色の攻撃ではなく治癒の光を発動させて全員を包み込み、それぞれの怪我を治していく。傷はみるみるうちに癒え、腫れも引いていった。

「すごい、痛くないっ！」

「こ、これが治癒魔法の力……」

奴隷たちは、まるで何事もなかったかのように消えた傷を見て驚き、感嘆の声をあげる。

間に合ってよかった。

「それから――今はこんなものしかないですが、とりあえずこれ食べてください」

僕は持ってきた金平糖と塩、それからりんごを短剣で切り分けたものを渡した。

そして周囲に生えている木でカップを作り、水魔法で水を入れて配布した。

ミルの実もあるけど、今は水のほうがいいよな。

「――い、今のはなんだ？　それも魔法なのか？」

「あ――。ま、まあそんな感じです。あはは」

いくら死にかけていた奴隷とはいえ、すべてを話すのは時期尚早すぎる。

今はスキルも魔法の一種ということにしておこう。

「少し歩けば、おいしいフルーツもたくさんあります。とりあえず、少し休んだらそこまで頑張って歩きましょう」

そう言って人々を励まし、山頂へ向けて歩くことにした。


何度か休憩を挟みつつ、途中でプラムやラズベリー、ブルーベリーを食べさせながら、夕方薄暗くなる頃にようやく大樹のある山頂へとたどり着いた。

「ぷる！」「ぷるるー！」「るー！」

『あ、リースハルトが帰ってきたの！　おかえりなの！』

『おかえり！　――あれ、知らない人がたくさんいる？　仲間かな？』

「リース様！　おかえりなさい！　……えっと、その方たちはいったい⁉」

家へ近づいたあたりで、僕の帰還に気づいたレアスライムたち、リュア、リアード、スイが出迎えてくれた。

「ただいま。麓《ふもと》で魔物に襲われてて、行くあてもなさそうだったから連れてきたんだ」

「……短い間だとは思うが、世話になる」

駆け寄るスイに、男はそう言って軽く会釈した。

「その腕の烙印……！　闇奴隷、なんですね……」

スイは奴隷たちの腕を見て、ハッとして憐れむような表情で口元を覆う。

「なんだ嬢ちゃん、詳しいんだな？　そうだよ。俺らは、奴隷から闇奴隷に落とされたんだ」

逃亡奴隷だろうとは思っていたが、闇奴隷ってなんだろう？

「私も、メイドになれなければ闇奴隷として売られることになっていたので……」

「……そうか。嬢ちゃんもいろいろあったんだな」

その場に、なんとも言えない重い空気が流れる。

「闇奴隷って、違法な奴隷ってこと？　それならここで——」

「そう、なんですが……闇奴隷なら、禁忌とされている魔法で主から離れられない身体にされているはずです。主が死ぬか一定期間一定以上離れると、薬で命を繋がない限り衰弱して死んでしまうんです」

——え。

僕は思わず、男を含む奴隷たちのほうを見る。

「皆さん、薬は……」

「……ははっ。あるわけねえだろ、んなもん」

男は悔しそうに目を逸《そ》らし、自らをあざ笑うようにそう言った。

「そ、そんな――！」

「いいんだ。みんな分かってここへ来てる。闇奴隷がたどる道なんて、語るのもおぞましい地獄ばっかだ。そういう表に出せない需要を満たすための非正規商品だからな。どうせお先真っ暗なら、僅かな時間だけでも自由に生きて死にたい。そう思って逃げてきた」

男は、闇奴隷や魔物を扱っている裏組織の店から逃げてきたこと、店員が逃走用に置いていた魔道具を奪って使用したが、容量オーバーで暴走し何人か弾け死んでしまったこと、気づいたらさっきの場所にいたことを教えてくれた。

「俺らみたいなのを助けてくれてありがとな。最後にうまいもん食えて、こんないい景色が見られて満足だ。ここで死なれちゃ迷惑だろうから、少ししたら発つよ」

男はそう言って笑い、僕の頭をわしゃわしゃと撫でた。

「…………」

どうにかならないの？　なにか方法は？

そう問いたいが、そんなことは僕が聞くまでもなくとっくに考え尽くしているはずだ。

僕は胸を締めつけられながらも、かける言葉が見つからず立ち尽くすことしかできなかった。

目頭が熱くなり、視界が歪む。

『――それってつまり、その魔法を解除すればいいんだよね？』

『……ですわね。そんなもの、さっさと解除してしまえばいいのですわ』

『うんうん！　リースハルトなら余裕なの！』

リアードとライアは「いったいなにを悩んでいるんだ」と言わんばかりの顔で、リュアはキラキラとまっすぐな瞳でこちらを見ている。

――え？　か、解除？

たしかに元々違法なわけだし、解除さえできればこの人たちは自由なんだよな。

でも、禁忌魔法なんて僕に解除できるのか？

禁忌魔法は人体への干渉が強く、その危険度の高さから禁忌となったものがほとんどだ。

この「主が死ぬか一定期間一定以上離れると、薬で命を繋がない限り衰弱して死んでしまう」魔法なんて、典型的な呪縛系。「薬」だって、いったいなにが混ぜられているのやら。

そんな危険な魔法を安易に解除しようとすれば、命を奪う結果になりかねない。

「――そんなの、僕には」

『でも、このまま放っておけばどうせ死ぬんですわよね？』

ああああああああああああ。

そうなんだけど！　そうなんだけど！！！

このまま見殺しにするか、殺してしまうかもしれないリスクをとってチャレンジするか。

要は、このどちらかを選ぶしかないのだ。

でも今の僕には、魔力があまり残っていない。けど、明日では間に合わないかもしれない。

相手が弱れば弱るほど、成功率は下がってしまう。

くそっ――。こんな大事な役割があるなら、もっと魔力を節約しておくんだった……。

『……リースハルトが助けたいっていうなら、ボクたちも手伝うよ』

「えっ？」

『リュアも頑張るの！』

『わたくしも、助けにくらいはなれると思いますわ』

「り、リース様……！」

究極の選択を迫られ、一瞬心が折れそうになったが。

妖精たちの言葉とスイの期待を受け、僕は覚悟を決めることにした。

「……あのっ！」

「あん？」

「僕に、その魔法を解除させてもらえませんか？」

「えっ――？」

僕の提案は、思いもよらないものだったのだろう。男は驚いてこちらを見る。

「正直、成功する確証はありません。でも、助かる可能性は生まれます」

「でもさすがにそんな……禁じられた魔法だぞ？　おまえにも危険が及ぶかもしれねえんだ。俺らには返せるもんがなにもねえし、リスクの高さを考えたらそっちにメリットがなさすぎる」

「返せるもの、ありますよ。もし成功したらこの山に住んでください」

僕は、まっすぐに男を見上げて言った。男もまた、真剣な目で僕を見ている。

「……正気か？」

「正気だし本気です！」

「……それなら頼む。俺たちを助けてくれ。もちろん失敗しても文句は言わねえ。どうせなにもしなけりゃ死ぬんだ。もし無事生き残れたら、生涯おまえに忠誠を誓うと約束する」

男は深々と頭を下げ、そう言った。

「し、生涯ってそこまでは……。でも、ありがとうございます！」

『ふふ、そうと決まれば――！　リースハルト、その人間たちを湖へ案内なさい』

『湖の水には、浄化作用があるの！』

――な、なるほど、大樹の、湖の力を借りるのか！

「皆さん、こちらへ」

僕は奴隷たちを連れて大樹のほうへ向かい、湖へ入るよう促す。

奴隷たちの中には不安そうに怯える者もいたが、男が率先して入ってくれたため、それに続く形で大人しく指示に従ってくれた。

スイは少し離れた場所から見守り、ライア、リアード、リュアは大樹を囲んでスタンバイしている。

僕はどうしたら⁉

『リースハルトは、スキル【神の祝福】を湖指定で発動させつつ状態異常回復魔法を！』

スキルと魔法を同時に⁉　そんな使い方もあるのか……。

でも僕、そんなのやったことないんですけど⁉

──ぐう。でもやるしかない。

僕は膝をついて湖に両手を突っ込み、スキル【神の祝福】を発動させた。

湖全体が青白い光に包まれ、ザワザワと水面が振動しながら波打つ。

「こ、これはいったいなんだ⁉」

「湖から出ないでください。出たら失敗します」

「──わ、分かってる。分かってるが……」

男を始めとした奴隷たちは、見たことのない光景に動揺し、不安げに僕のほうを見る。

大樹が反応している影響か、ＳＰの消費が激しい。

僕は集中を切らさないよう注意しながら、光魔法──状態異常回復魔法を同時発動させた。

妖精たちも、いつもの聞き取れない言語でなにかを詠唱している。

湖からは真っ白な光が上がり、周囲に優しい雪のように降り注いで奴隷たちを包み込んで──。

「こ、刻印が……消えていく……⁉」

「身体を縛っていたなにかが抜けていくのを感じるわ。信じられない……」

「わたしたち、助かるの？」

みんな、刻印が消えていくのを確認し、歓喜の声をあげ始めた。

――ぐ。もう無理。ダメだ。

そんな喜びの声を聞きながら、僕の意識は暗闇へと落ちていった。


「――ス様！　リース様！」

「――ん。んん」

目を覚ますと、僕は草の上にあおむけに寝ていて。

そこにはスイ、それから見知らぬ男女がたくさんいた。

「うわあっ!?　えっ!?　なっ!?」

「目ぇ覚めたか。よかった、このまま死なれたらどうしようかと思ったぜ」

「――ああ、そっか。僕、途中で気絶して――。みんな烙印は!?」

「おかげさまで、みんな無事解放されたよ。本当にありがとう」

男がそう言って頭を下げると、周囲にいた男女もそれに続いて深々と頭を下げた。

みんな泣いていたのか目が赤い。

「リース様、ご無事でよかったですっ！」

「うおっ――」

僕が上体を起こしたところで、スイは思い切り僕に抱きつき、大声をあげて泣き始めた。

「す、スイ……。心配させてごめんね。魔力とスキルを一気に消費しすぎただけだから、もう平気だよ」

「うわあああああんっ」

スイがこんなに大泣きするの、初めて見た……。

――それだけ心底心配してくれたってことだよな。ありがとう。

「……そういや、名前聞いていいか？　俺はレオだ」

「レオさん。改めまして、僕はリースハルトです。こっちはスイ」

「初めまして。メイドのスイと申します」

「リースハルト、それからスイ、改めて礼を言う。俺たちを助けてくれて本当にありがとう。約束通り、生涯忠誠を誓うと約束しよう。――それで、俺たちはなにをすればいい？」

レオは２０代半前半くらいの男で、ゴリゴリのマッチョというわけではないが、それなりにガッシリとした体つきで目つきも鋭い。身長も、恐らくは１８０センチくらいある。

そんな大人に忠誠を誓われると、逆に畏縮してしまいそうになる。

「いや、えっと……僕としては、シタデル山の住民になってもらえたら嬉しいなって。僕の知る限り、この辺りに人里はありません。だからこれからは、お互いに協力して暮らしていけたらって」

「……それはむしろ助かるが、本当にそれだけでいいのか？」

「はい。特に困ってないので」

「……助けてもらったうえ、住む場所まで与えていただけるなんて。レオ、この恩に報いられるよう、これから頑張りましょう」

10代後半くらいと思われる女性が、決意を固めた様子でそう言った。

「――ああ、そうだな。本当に助かったんだな、俺たち」

レオは改めてそうつぶやき、涙を滲ませた。

中にはまだ、どんな顔をしていいか分からず呆然としている子どももいて、改めて心の傷の深さを感じざるを得ない。

でもいつか、みんなが笑えるくらいに回復して、ここが楽しく暮らしていける場所になってくれたらいいな。

第六章　ブロンドール領に起きた変化、そして街へ！

場所は変わって、ブロンドール伯爵邸。

ブロンドール家の当主であるガイナス・ブロンドールは、執務室で書類を前に憤っていた。

「いったいどういうことだ⁉」

あの黒髪の忌々しい厄介者――リースハルトをようやく追放し、伯爵家に相応しい秩序を取り戻したはずだった。それなのに。

リースハルトを追い出してからというもの、なにもかもがうまくいかないのだ。

悪天候が続き、これまで豊かに育っていた農作物が急にうまく育たなくなり、ここ数年ほとんどなかった魔物の被害も一気に増え始めた。

さらには領内のとある村で流行り病が確認され、周囲で混乱が生じつつあるとの報告も上がってきている。

ガイナスは怒りに任せ、ドンッと拳で机を殴りつける。

「まったく次から次へと――。村の管理はどうなっている⁉　さっさと病を食い止めろ！」

「も、申し訳ありません。対策に当たっているのですが、感染が広がる一方でして――」

「病が確認された村は問答無用で封鎖しろ！　それでもダメなら病人ごと焼き払ってしまえ！

うちの誰かに伝染ったらどうするんだ！　――いや、待てよ」

ガイナスは報告に来ていた配下の男にそう言って、ふと何かを思いついた様子で考え込む。

「……これを理由に助成金を得られる可能性もあるな。よし、シルティア卿に手紙を出そう。あのお方は王家との繋がりが強いし、なによりお人好しだからな。うまく使えば大金が手に入るかもしれない」

実はブロンドール家は、それなりの額の借金を抱えていた。

貴族としての体裁を保つには、なにかとお金がかかる。

用途に合わせて都度新調しなければならない服や靴、アクセサリーや宝石類、屋敷の維持費、お茶会やパーティーの開催費用、使用人への賃金の支払い、それから魔道具代やその維持費だって馬鹿にならない。

家族そろって金遣いの荒いブロンドール家には、お金がいくらあっても足りなかった。

それでも、これまでは領民からの税金や周辺貴族からの賄賂、ガイナスが取り仕切る事業――とはいっても実態はほぼ人任せではあったが――の収益でどうにかなっていたが。

領内の環境が急激に悪化したことに加え、事業の雲行きも怪しくなってきて、借金返済の目処が立たなくなりつつある。

――そういえば彼は、なぜか知らんがリースハルトを気に入っていたな。

まったく、よその家のことだと思って呑気なものだ。

あれのせいでうちがどれほど恥ずかしい思いをしてきたか、まったく分かってない。

まあそのおかげで、今もシルティア卿との関係が続いているわけだが——。

「——いくらなんでも、病人ごと焼き払うようなやり方をすれば暴動が起きかねません！」

「暴動？　知らん！　そんなもの押さえつけろ！　なんのための衛兵なんだ！」

「ここ最近は魔物の出現が増えており、衛兵も余ってはおりません」

「それをどうにかするのがおまえの仕事だろう！　いいか、これは命令だ！　できなければおまえの首が飛ぶだけだ。分かったらさっさと行け！」

「——そ、そんな！　……さ、最善を尽くします。失礼いたしました」

ガイナスがそう怒鳴りつけると、男は委縮して足早にその場を去ってしまった。

「——まったく、少しは自分で考えて動いたらどうなんだ。使えない！」

◇◇◇

魔物に襲われていた奴隷たちを助け、受け入れた翌日。

僕とレオは、早速今後について話をすることになった。

ちなみに昨夜はあのあと、湖で身体を綺麗に洗うよう伝え、キヌイで作った新しい服を配布して、簡単な食事も提供した。

妖精たちの力を借りて作った仮の住まいも完成し、当分の生活拠点もどうにかなりそうだ。

あとは数日ゆっくり休ませれば、身体の疲れは癒えるだろう。

問題は心の傷のほうだけど、こっちは気長に様子を見るしかない。

「なにからなにまで申し訳ない。一刻も早く自立した生活ができるよう善処する」

「そんなお気になさらず。ゆっくりでいいですよ。僕も仲間が増えて嬉しいですし」

「……そうか。リースハルトは、ここの領主ってことでいいのか？」

「いえ、そういうわけではないです。ここは――恐らくは国が管理している土地のはずです。

昨日お話ししたとおり、僕はただここに飛ばされただけなので」

出会ったばかりの相手に、突然「ナビシステムに山の所有者として認められた」なんて話せるわけがない。頭がおかしいと思われてしまうだろう。

「――ふむ。んじゃあ、俺らの長ってところか」

「あー、えっと……そのことなんですけど。僕、長とかそういうのやりたくないんですよね。なので、できればレオさんにお任せしたくて……」

僕を立てようと考えてくれるレオには申し訳ないが、僕は自由に生きたい。

ブラック企業からのブラック伯爵家生活を経て、ようやく自由を手に入れたのだ。

責任や役割に縛られて生きるなんて、少なくとも当分は遠慮したい。

「で、でも、俺らはおまえに助けられてここにいるんだ。それに元々の身分だって――」

「僕まだ子どもですし、５歳ですし、長には向かないと思うんですよね。困ったことがあれば協力は惜しみませんので、僕のことは気にせず皆さんで自由に過ごしてください。ただし、争いごとはやめてくださいね！」

僕がそう言うと、レオはしばらくぽかんとしていたが。

それからふはっと吹き出し、大笑いし始めた。

「まあ、おまえくらいの実力があれば、俺らはむしろ足手まといか。これまでいろいろ大変だったんだろうし、その歳じゃあ自由に遊んで暮らすことのほうが大事だよな」

「そうなんですよー。もう本当、人生に疲れちゃいましてね。しばらくは自由気ままにのんびり暮らしたいなと。あはは」

僕がため息交じりにそう返すと、レオは腹を抱えて笑い出した。

僕の本心に笑いすぎでは？　まあいいけど！

「貴族家の子息様なんていけ好かないヤツらばっかだと思ってたけど、俺おまえ好きだわ。分かった。じゃあこっちのことはこっちでやらせてもらうよ」

「助かります、ありがとうございます！　森にある資源は自由に使っていいので！」

「いやいや、礼を言うのはこっちだ。――でも、なにかあれば遠慮なく俺らのこと使ってくれよ。俺らがおまえに忠誠を誓ってるってのは変わらねえからな」

「はい。そちらもなにか困ったことがあれば、いつでも呼んでくださいね」

こうして僕とレオは、最低限の取り決めだけ確認して話を終えた。

「おかえりなさいませ、リース様」

「ただいま。レオさんとの話し合いも終わったし、今日はついに、水道を作ろうと思います！」

「わあ！　楽しみです！」

スイは胸の前で手の指を組み、ワクワクしながら魔石を見つめている。

昨日集めた魔石は、最初の巨大猪の分が10個、巨大狼の分が3個で計13個。

そのうち1つは強化靴に使ったから、12個残っている。

『そういうことなら、大樹の湖から水を引けばあっという間ですわ。地下に管を通せばいいのでしょう？』

「それはまあ、そうなんだけど……」

問題は、水を通すための水道管をなにで作るか。

できるだけ長持ちする素材がいいけど、使える素材は限られている。

やっぱり木か岩？　ガラス――は、割れたら水と混じって怖いしな。

僕はあれこれと思考を巡らせていたが。

『レスミアで作った管を通せばいいんじゃないかな？　簡単だよ』

『そうですわね。それが一番ですわ』

『わたしも賛成なの！』

妖精たちはあっさりとそう言ってのけた。

えっ⁉　レスミア⁉

「ここ、レスミアも採れるの⁉」

『土壌にも含まれていますし、洞窟へ行けばたくさんありますわよ？』

レスミアは、レスミア鉱石が原料となっている超希少な金属の一種で、鋼よりも頑丈で軽く、錆びることもなく、見た目もうっすら青みがかった銀色で美しい。

そのため最高級の武器や防具に使用されることが多い。

それがまさか、このシタデル山でも採れるなんて！

「そのたくさん採れる場所、今度教えてもらってもいいかな」

『もちろんですわ』

「ありがとう、助かる！　それじゃあまずは――スキル【アイテム錬成】！」

僕は地中からレスミアを抽出するイメージをしながら、それを水道管へ変えていく。

一見僅かに地面が光っている程度だが、地中のレスミアが集まってきて水道管が作られているのが感覚として伝わってくる。

だが、規模の大きさに加えて純度を高める必要もあり、完成までは数十分かかった。

さすがに疲労が蓄積し始め、途中で何度も中断したくなったが。

ついに水道管を家まで繋ぎ終え、キッチンの流し台に作った吐水口から水が放出された。

「水が出たあああああああ！」

「わあああ！　お疲れさまですリース様！　ついにやりましたね！！！」

「これでスイも手軽に水が使えるね！　あとは魔石を——スキル【アイテム錬成】！」

スキルで魔石を融合させ、手をかざすことで水を出したり止めたりできる自動水栓機能を付与する。ついでに浄水機能と給湯機能もつけておこう。

光が静まり、自動でステータス画面が開かれる。

＊＊＊＊
水道（浄水機能、給湯機能、自動水栓機能）
水道に魔石を掛け合わせた魔道具。
自然界に存在する魔力で稼働させる仕組みで、魔石の補充は不要。
人体に反応し、自動で水をコントロールする。
＊＊＊＊

「これでよし、っと！」

「すごい、あっという間ですね……！」

試しに吐水口へ手を近づけてみると、綺麗な水が放出された。

まあ水は元々綺麗なんだけど！

僕はそのままお風呂場へ行き、シャワーへ自動水栓機能、それから浄水機能と給湯機能を付与した。

ちなみにホースがないため、シャワーは頭上に固定されているタイプだ。

「……これはなんですか？　小さな穴が開いてますけど……ここから水を出すんですか？」

「そうだよ。こっちはお湯も出せるようにしたから、ここに触れて切り替えてね」

僕はシャワーの水をお湯に切り替えて、使い方をレクチャーした。

ちなみに、この世界には浴槽はあるが、たとえ貴族の屋敷であってもシャワーはない。

……多分。少なくとも、ブロンドール家にはなかった。

そのため、スイはシャワーの便利さに驚きを隠せない様子だ。

「すごいですリース様！　大発明ですよこれ！　髪がとっても洗いやすくなりますね！」

「でしょ。ふふ、ずっと作りたかったんだ。実現できてよかったよ。あとは排水のシステムも作らないとね。浄水機能を作って、ろ過して山の地中へ排水する方式がいいかな」

キッチンの流しに3個、お風呂場のシャワーに3個使ったため、魔石は残りあと6個。

当然だけど、使い始めるとどんどん減っていくな。

いざというときのための訓練も兼ねられるし、討伐へは定期的に行くようにしよう。

いずれはトイレも、前世の日本のような水洗式にしたい。

流し台とお風呂場にレスミア製の排水管を通し、魔石で浄水機能を付与した。

これで水回りは一通り完成だ。

「――ふう、疲れた。魔石は残りあと4個か」

「リース様、こちらよろしければどうぞ。ラズベリージュースです」

床へ敷かれているマットの上に寝転がった僕に、スイがお手製ジュースを出してくれた。

ちなみにジュースは、果実をジャムにしてガラスの容器に詰め、保冷庫へ保管していたものを水で割って作っている。

このストックのおかげで、ちょっとした時間にささっと作ってもらえるのがありがたい。

「甘酸っぱくておいしいよ！　スイ、いつもありがとう」

「ふふ、恐れ入ります」

「――そうだ、そういえば昨日、ミルクが入った実を見つけたんだ」

「あの保冷庫に入っていた木の実でしょうか？」

「そうそう。うっかりしてたよ。少し休憩したら、これも1つ植えてみようかな」

ミルクが庭で確保できれば、一気に便利さが増すし栄養面でも助かる。

――そういえば、住人が増えたわけだし畑も拡充したほうがいいかな？

うちの庭とは別に、畑のエリアを作ってもいいな。

あとで食料を届けに行くときにでも、レオに話してみよう。

休憩を挟み、夕方はスイと一緒に畑の作物を収穫することにした。

「さすがにそろそろ、肉もほしいね……」

「そうですね。でも、食べられそうな動物もいないですし……」

「うーん。やっぱり、どうにかして町に出るしかないのかなあ？　どこまで行けばあるのか、まったく分からないけど」

大樹から採れる金の卵や枝豆、あとミルクがあるため、一応たんぱく質は摂れているが。

そうはいっても、やっぱり時折無性に肉や魚が恋しくなる。

可能性があるとすれば、魔物の肉とか？

今は恐怖に抗えず強烈な魔法を放ってしまうから、肉片すらほとんど残らないけど。

でも魔物の肉が食べられるものなのか分からないし、食べたいかと聞かれると――。

「ぷるー！　ぷるる！」

「――うん？　どうかしたの？」

スイとそんな話をしていると、畑にいたレアスライムのうち1匹が、僕の足下へすり寄ってきた。

そしてぷるぷるぷにぷにした身体から、赤茶色のなにかを地面へ出した。なんだこれ？

「ぷるるー！　ぷるるるる！」

「……これ、種？　僕にくれるの？」

「るー！」

レアスライムは、うんうんと頷いた――ように見えた。

いったいなんの種だろう？

「せっかくですし、植えてみますか？」

「そうだね。どんな植物かまったく分からないし、念のために木のエリアへ植えよう」

僕とスイは、りんごやプラムの木が植えてあるあたりの土を掘り、種を植えてみた。

なにかおいしいものが育ちますように！


「今日の晩ごはんはなににしようか？」

「そうですね、やっぱり、個人的に蒸したじゃがいもは外せないです」

「スイはじゃがいも好きだよね。僕も好きだけど」

「はいっ。ブロンドール家に仕えていたときも、まかないとしてよく出ていたんです。そのときから好きではあったんですが、ここのじゃがいもは格が違うと言いますか……。ホクホクしていてほのかに甘くて、そこに塩があるとそれだけで最高です！」

スイは作る前から想像し、ワクワクとじゃがいもに思いを馳せている。

「じゃあ蒸したじゃがいもは作ろう。ミルクも使ってみたいんだよなー」

僕は【アイテム錬成】でミルの実をカップ状にして、中身を別なカップへ移す。

殻はカップとして今後も使えるし、綺麗に洗って――と、ふと内側を見ると。

「――あれ、なんか固まってる？」

木で作ったスプーンで掻《か》き出してみると、淡いクリーム色の柔らかな物体がくっついてきた。

「これ、もしかして――！」

端っこを崩して舐めてみると、バター特有の濃くて芳醇な香りが鼻腔に広がった。

「バターだ……！　ミルの実を収穫して置いておくと、バターになるのか！」

「ほ、本当ですね。バターの香りがします！」

バターがあればじゃがバターが作れるし、これまで焦げつきが心配でできなかった炒め物も可能になる。料理の幅が一気に広がるぞ！

「決めた！　今日の主役はじゃがバターだ！」

「わああ！　このじゃがいもで作ったら、ご馳走間違いなしですよ！」

スイは一層目を輝かせる。

こうして一歩一歩前進していくのを一緒に喜べるって、なんかいいな。

「バターがあるし、あとは目玉焼きと炒め物でもするか！」

「石、拾ってきますか？」

「ああ、いや。ちょっと考えがあるから、今日は石鍋を活用しよう」

明日はレスミア鉱石が採れる洞窟へ行く予定だから、どうせならそっちで作りたい。丈夫で軽いし、熱伝導率も高そうだしね。

かまどに石鍋をセットしてじゃがいもを茹でつつ、枝豆をむいてキャベツをざく切りにする。

水道が使えるって、調理に集中できてありがたい！

その間スイは、干していた洗濯物を取り込んだり、テーブルの上を片づけて拭いたりと手慣れた様子で働いてくれる。

毎度のことながら思うけど、さすが伯爵家に仕えていたメイドだな。

ちなみに最初の頃はテンションが上がって外で食べていたが、最近は落ち着いてきて室内で食べることが多い。

「ミルクと混ぜるジャムはどれがいいでしょうか。リース様、なにかご希望はありますか？」

スイは保冷庫の中に並べてあるジャムの瓶を見て、あれこれ考え始めた。

「うーん、じゃあ、今日はブルーベリーで！　――そうだ、さっきのバター、瓶に詰め直しておいてくれる？　できればほかのミルの実も、ミルクとバターを分けてもらえると助かる！」

「かしこまりました！」

『リースハルト！　晩ごはんを食べに来たの！』

「リュアさん、それからライアさんとリアードさん、こんばんは」

『こんばんは。──あ、ミルの実？　開けるの手伝うよ』

『こんばんは、スイ。──あら、一部固まってしまいましたのね。ミルの実は劣化が早いのが難点ですわよね……』

『わたしもお手伝いするの』

妖精たちは料理に興味があるらしく、積極的に手伝ってくれる。ありがたい。

「この固まってる部分、実はバターなんです。……って、ご存じですよね。えへへ」

『バター？　バターってなんですの？』

『実はこれも食べられるってこと？』

「そうなんです。バターはですね、ミルクの一部が固まったもので──」

和気あいあいと会話を楽しむスイと妖精たちに、心が温かくなるのを感じた。

スイにも友達ができてよかった。

茹でたじゃがいもをスイに任せて、バターでキャベツと枝豆を炒めて塩で味つけしたもの、それから目玉焼きを作っていく。

石鍋では若干作りにくかったが、だいたいどうにかなったのでよしとしよう。

じゃがバター、キャベツと枝豆の炒め物、目玉焼き、砕いた塩、それからスイが作ってくれたブルーベリージャム入りミルクが並んだテーブルは、なんだかとても輝いて見えた。

油を使った料理、念願すぎる！！！

「キュイ！　キュイイ！」

「――お、オコジョルも来たのか。グッドタイミングだな」

「キュイ！」

　みんなで席について、「いただきます」をして、それぞれ食事を楽しんだ。

『んんーっ！　このじゃがバターって食べ物、とってもおいしいの！』

『ミルの実にこんな素晴らしい使い方があったなんて、わたくし知りませんでしたわ』

『これは大発見だね。そもそも、ボクはリースハルトが来るまでじゃがいもも食べたことなかったけど。ずっと神獣や魔物が食べるものだと思ってたよ……』

「幸せの味がします……このじゃがいもでじゃがバターは反則級です……」

「キュイイイイ」

　みんなじゃがバターを気に入ったらしく、一口食べてはうっとり顔をほころばせる。

　たしかにこれは、一度味わったら戻れない味だな。うん。

　バター自体の味も絶品で、濃厚かつミルキーなコクがあり、香りも驚くほどいい。

　じゃがいもの熱で溶けたことで、周囲に暴力的なまでの芳醇な香りが広がっている。

　これはぜひ、レオたちにも伝えなきゃ！

「ブルーベリージャムミルクも、スッと入ってくる甘さでちょうどいいね」

「よかったです。リース様がミルクを持ってきてくださったおかげですよ」

炒め物と目玉焼きも好評で、スイも「バターが入ると、味が一気に豪華になりますね！」と笑顔を見せた。

冷静に考えれば、どれもとてもシンプルな料理なんだけど。

でも、今はそのシンプルさがたまらなく愛おしい。

僕たちは、途中からじゃがバターを崩して炒め物と合わせたり、目玉焼きで挟んだりと、いろんな食べ方を編み出して賑やかな時間を過ごした。

夜、妖精たちやオコジョルが帰って静けさを取り戻したころ、僕とスイはかごを持ち、日課の金平糖拾いをするために大樹のほうへと向かった。

「いや本当、油が手に入ってよかったよ」

「これからは料理の幅が広がりますね。リース様のレパートリーの豊富さと手際のよさには、日々驚かされてますけど。とても5歳の貴族様とは思えません……！」

「あー、ははは。本で見たのをやってみてるだけだよ。スイが作ってくれる飲み物も、いつもすごくおいしいよ。僕だけだったら、飲み物にそんなバリエーションをつけようなんて思わなかったかも」

大樹は今日も月明かりに包まれ、湖の水底にはたくさんの金平糖（塩含む）が生成されてキラキラと輝いている。いつ見ても、驚くくらい幻想的な光景だ。

「そうだ。大樹とこの湖、それからここで採れる収穫物についてだけど、万が一トラブルに発展したら困るし、しばらくはうちで管理しようと思うんだ」

「そうですね、それがいいと思います」

まあ、管理っていっても当分は無償で配布するけどね。

僕とスイは特に困ってないし、レオたちには、今はとにかく自分たちの生活を立て直すことだけ考えてほしいと思っている。

「今日も豊作だね！　砂糖と塩に困らないのは本当に助かる。大樹と湖に感謝しなきゃ」

「そうですね。ブロンドール家の方々は、私たちが今こんなに充実した生活を送っているなんて考えもしないでしょうね」

「本当だよ。もう1ヶ月だもん、とっくに死んだと思ってるんじゃないかな」

籠いっぱいに金平糖を拾い、湖の縁で一息つきながら2人で笑い合っていると。

「クゥウウウウウ！」

突然、頭上で聞いたことのない鳴き声がした。

日本の神社などでよく売られていた水琴鈴を思わせる透き通った鳴き声に、僕とスイは思わず頭上を見る。

するとそこには、虹色に輝く大きな鳥がいた。

虹色の鳥は月明かりに照らされながら、大樹の上空を舞うように旋回し、時折美しい鳴き声を響かせる。

そのあまりに神秘的な光景に、僕もスイも時が止まったかのように目を離せず、しばらくぼーっと見つめていたが。

何度か旋回を繰り返すと、虹色の鳥は大きく羽ばたきながら遠くへ飛んでいってしまった。

「──な、なんだったんだ、今の」

「分かりません……」

飛んでいったあとも頭がふわふわして、まともに思考できない。

それくらいには非現実的ななにかだった。

「──リース様、見てください！　羽が！」

「えっ？」

スイに呼ばれて視線を下へ戻すと、周囲に虹色の羽が数枚落ちていた。

羽はほのかに発光しているように見える。

「わあ、綺麗……！」

「これ、素材として使えそうだよね」

「えっ？　あ、そ、そうですね……」

僕がそう言うと、スイはなぜか少し残念そうな顔をした。

──そうか。スイは女の子だし、こういう綺麗なものがほしいのかもしれない。

「……5枚あるから、2枚は僕がもらってもいい？　なにかに使えるかもしれないから」

「えっ⁉　い、いえ私はそんな！　すべてリース様がお持ちくださいっ！」

スイは慌てて首を横に振る。

「でも、スイも本当はほしいでしょ？　そういう気持ち、僕は大事にしてほしいな」

「……そう、ですか？　では、1枚だけいただけると嬉しいです」

「1枚でいいの？」

「はい。なにかに使いたいわけじゃないので」

「分かった。じゃあはいこれ」

「ありがとうございますっ！」

スイは嬉しそうに羽を受け取り、月明かりにかざしてキラキラ輝く様子を楽しんでいる。

「金平糖もたくさん手に入れたし、そろそろ戻ろうか」

明日、あの鳥がなんだったのか妖精たちに聞いてみよう。


翌朝、朝食目当てでやってきた妖精たちに、昨日見た鳥のことを聞いてみた。

『虹色の鳥って、もしかしてレニックスのこと？』

『すごいですわ！　妖精界では、レニックスは幸運を授ける鳥と言われていますのよ』

どうやら虹色の鳥は、「レニックス」という珍しい神獣だったらしい。

あの神秘的な光景を見てしまうと、幸運を授ける鳥と言われているのにも納得してしまう。

「昨日、そのレニックスが羽を落としていったんだ。これ、なにかに使えないかな」

手に入れた虹色の羽を見せると、妖精たちは興味津々で羽を取り囲んだが。

『うーん、神獣特有の力は感じるけど、これがなにに使えるかまでは分からないな。ボクたちは、神獣や魔物の一部からなにかを作ることはしないんだ。妖精が扱えるのは、森の恵みと魔石だけだからね』

そ、そうなのか……。

うーん、ガロウやボーアの牙といい虹色の羽といい、なにかに使える気配は感じるんだけど――。

『リースハルトがほしいものをイメージして、試しに錬成してみたらいいの！』

「ほしいもの……」

今ほしいのは、軽くて丈夫な鍋やフライパン、コンロ、枯草ではなく綿か羽毛が詰まった布団、我儘を言うなら冷蔵庫や冷凍庫、電子レンジ、洗濯機もほしい。あとは――あ。

い、いやでも、前世のゲームじゃあるまいし、さすがにな……。

「なにか思いついたんですか？」

「まあ、思いついたといえば思いついたんだけど……」

でも正直、今それよりほしいものはないと言っても過言ではない。

「私、失敗してもいいと思います。リース様が思うままに試してみてはいかがでしょう？」

「うーん。そう、だな。せっかくだしな」

まあ、物は試しというかなんというか、そういうのも大事なはず！

僕は虹色の――レニックスの羽と魔石をテーブルの上に置き、【アイテム錬成】を使った。

淡い紫に虹色が加わったような強烈な光が、羽と魔石を包んでいく。

なんかいい感じの転移アイテムができますようにいいいいいいいいいいいいい！


スキルを発動させてから数十秒ほど経ったところで、ようやく光が収束した。

＊＊＊＊＊
転移の羽
レニックスの羽と魔石を【アイテム錬成】することで得られる、魔石補充型の特別アイテム。
自身の魔力を込めることで、指定位置へ転移することができる。
魔石の補充量と込める魔力によって転移できる距離が変わる。
＊＊＊＊＊

「や、やった！　ついに転移アイテムを手に入れたあああああああ！」

「成功したんですか⁉」

「そうみたい！」

僕はステータス画面に表示された内容をスイに伝える。

魔石補充型ってことは、魔石で魔力を補充すれば繰り返し使えるってことか。ありがたい。

「すごいです！　これで街へ出られますね！」

説明に「自身の魔力を込めることで」とあるため、魔力を持たないスイ単体では使えないみたいだけど。

でも街へ行く際には一緒に行けば問題ないし、そう頻繁に行き来することもないだろう。

「せっかく街へ行くなら、売れるものを持っていきたいよね。今日は魔物の討伐と素材の採取に力を入れることにするよ」

「私もなにかお手伝いできることはありませんか？」

スイは一緒に意気込んでいるが、さすがに魔物の出る場所へ連れていくわけにはいかない。

「うーん、一緒に行くのは危ないから、家のことを任せていい？」

「かしこまりました。気をつけてくださいねっ！」

「うん。それじゃあ行ってくるよ」

僕は、再び魔物の討伐へ向かうことにした。今日はリアードがついてきてくれるらしい。

「——そうだ。レスミア鉱石が採れる洞窟があるって言ってたよね？」

『ああ、そうだった。案内するよ。レスミアが採れる洞窟はあちこちにあるけど、近場だとこっちかな。ついてきて』

リアードはそう言って方向転換し、道なき道を進んでいった。

以前なら【アイテム錬成】で道を作らなければなかなか進めなかったが、強化靴があることで、岩場や高低差のある場所も気にならない。

足場が濡れていたり苔が生えていたりするから、滑らないよう注意は必要だけど。

「——着いた。ここだよ」

たどり着いた先には、崖のような場所に穴があいている、いかにもな洞窟があった。

暗くて中の様子が分からないため、光魔法で灯りを確保しながら歩みを進める。

洞窟の中は鍾乳洞になっていて、入り口からは想像できないくらい天井が高い。

また、頭上には多数のつらら石が下がっていた。

「——すごいな」

つらら石からはポタポタと雫が垂れ、地面にいくつもの水たまりを作っている。

ひんやりした空気と水の滴る音も相まって、その壮大さに少し怖気づいてしまいそうだ。

『……そんなに珍しい？』

僕が無言で挙動不審だったのか、リアードが不思議そうに聞いてきた。

「珍しいよ。これがすべて自然の生み出したものだなんて、圧倒されてしまいそう」

『ふーん。人間は変わったところに感動するんだね？』

壁面からはキラキラ輝く多数の鉱石が突出しており、光魔法を受けてなんとも幻想的な光景を生み出している。その隙間には、美しい植物も自生していた。

中には、花や実をつけているものもある。

「変わった形の実だね。トゲトゲしてる」

『この実、甘くておいしいよ。皮ごと食べられるから、リースハルトも食べてみなよ』

リアードは、僕が見ていた直径5センチほどの、角の丸いトゲ状の突起がついた黄色い実を1つ渡してくれた。巨大な金平糖みたいな形だな！

「ありがとう。いただきます」

尖った部分に歯を立てると、洋梨のような滑らかさを感じる。

「――っ！　お、おいしい！」

実はバナナとメロンを足したような、ねっとりとした甘さの中に少し爽やかさを感じる味だった。

表皮も薄くて柔らかく、そのまま食べてもまったく気にならない。

「これ、なんて名前の実なの？」

『さあ？　名前は分からないな。ここに来るといつもあるから、たまに食べてるよ』

「そうなんだ？　名前がないのは不便だな……。トゲトゲしてるし、とりあえずトゲの実と命名しよう」

『……その名前、つける意味あるの？　人間って本当に面白いことするね』

リアードは、そう言っておかしそうに笑う。

たしかに安直な名前ではあるけど！　でも呼び名があったほうが便利だろ！

いくつかトゲの実をもいでアイテムバッグへしまい、再び先へ進んでいく。

しばらく進むと、地面が部分的に草で覆われている場所が出た。

そこには、ぼんやり光る綿毛のような植物が生えている。

『それはダンデっていう、淀みを浄化する効果を持つ植物だよ』

「こっちは名前あるんだ？　そういえば、ミルの木も名前あるよね？」

『妖精界にも存在する植物ならボクも知ってるけど、こっちにしかない植物は分からない。それだけだよ』

「――え。妖精界!?　リアードたちは、あの大樹から生まれたわけじゃないんだ？」

『大樹から!?　あははっ、まさか。そんなこと思ってたんだ？　大樹は、妖精界と人間界を繋ぐゲートのようなものだよ』

そういうこと!?　勝手にファンタジーな想像しちゃって恥ずかしい！

いや、どっちにしてもファンタジーだけど！

「――でもトゲの実は僕も初めて見たよ。この山独自の植物なのかな」

『どうだろうね。少なくともボクは見たことなかった。あ、レスミア鉱石はもうすぐそこだよ』

僕とリアードは、ダンデの生えているエリアを通過し、さらに奥へと進んでいく。

それから程なくして、少し開けた、部屋のように広くなっている場所へたどり着いた。

洞窟はそこで行き止まりになっていて、奥の岩壁から滝が滔々と音を立てて流れ落ちている。

滝の下には、深くて底の見えない池ができていた。

「これはすごいね。――でも、肝心のレスミア鉱石が見当たらないな」

『このエリアの壁や天井は、ほとんどがレスミア鉱石だよ』

「えっ――!?」

土埃に覆われていて分かりづらいが、よく見ると岩肌が淡い水色をしている。

「こ、これが全部レスミア鉱石!?」

『レスミア鉱石は、長い年月をかけて鉱物と魔力が融合したものなんだ。だから魔力が濃い土地には豊富にある。淀みの濃い場所だと、なかなかできないみたいだけど』

すごい……。すごすぎて言葉が出ない。

こんな厳かな場所に足を踏み入れるなんて、本当に大丈夫なのかと不安になってくる。

『？　どうしたの？　採らないの？』

「え、あ、いや……いいのかな……って、思って……」

『もちろん。リースハルトはシタデル山の所有者なんだから、これも全部キミのものだよ』

リアードにそう言われて、僕は初めて山の所有者になることの重みに負けそうになった。

――大切に使わせていただきます。

「――スキル【アイテム錬成】！」

害がなさそうな部分からレスミア鉱石を採掘し、塊にして、アイテムバッグへ収納する。

それにしても、なにかの部屋みたいな空間だよな。

昔は魔物か神獣の住処だったんだろうか？

『……それだけでいいの？』

「うん。必要になったらまた来るから大丈夫」

『そっか、分かった。じゃあそろそろ討伐へ行こうか』

僕とリアードは、洞窟の中であれこれ採集し、魔物の討伐へと向かった。


「おかえりなさい、リース様！」

「ただいま！　今日は収穫物がたくさんあるよ」

僕はリビングのテーブルへ、アイテムバッグに収納していたあれこれを一通り並べてみた。

レスミア鉱石は、テーブルに置くには大きすぎるので床に置く。

リアードは『それだけでいいの？』なんて聞いてきたが、それなりの量を持ち帰っている。

僕の身長くらいある美しいレスミアの塊は、なかなかの迫力だ。

「こんなに……！　大変でしたよね。お手伝いできず申し訳ありません……。というかそのバッグ、もしかしてアイテムバッグですか⁉」

「ああ、言ってなかったね。そうそう。ライアがくれた魔石で作ったんだ。今日は魔石もたくさん手に入ったから、スイの分も作ってあげる」

スイが出してくれたプラムジュースを飲みながら、素材をどう使おうかと思考を巡らせる。

「えっ⁉　そんな、それは私のような下賤の者が持っていいアイテムではないです！　それにアイテムバッグは、魔力を持つ貴族様しか扱えないものでは⁉」

「ううん、魔石を補充しながらの使用もできるんだ。所有者登録はできないけど」

魔石の消費量を考えるとあまり容量の大きいものは作れないけど、ないよりはマシなはず。

「魔石がもったいないです！」

「ええ。まったく、スイは頑固だなあ……」

今ごり押ししても「もっと別なものに使ってください！」って断られそうだし、もう作ってから渡すことにしよう。

今日はレスミアと魔石のほか、トゲの実、ダンデ、そのほか洞窟で見つけたさまざまな鉱石や草、ミルの実、ガロウの牙、ボーアの牙が手に入った。

ちなみに今回は魔物の肉を残してみようと試みたが、魔物の身体は討伐すると大半が消滅してしまうようで、それは不可能だと知った。残念なようなほっとしたような。

「まずは、レスミアと魔物の牙を使って短剣を作ってみよう。――スキル【アイテム錬成】！」

＊＊＊＊＊
レスミアの魔短剣
レスミア、ガロウの牙、魔石を【アイテム錬成】することで得られる特別アイテム。
軽くてとても頑丈。切れ味も抜群の超一級品。魔法攻撃への耐性あり。
＊＊＊＊＊

「おおお、できた！　魔法攻撃への耐性は便利そうだな。切れ味は――」

僕は試しに、薪を切ってみることにした。

スパッ――。

「えっ――!?」

力はほとんど入れていないにもかかわらず、太い薪を切ったとは思えない抵抗感のなさだ。

しかし目の前には、一刀両断された薪が転がっている。

「――っていやいやいやいや。待って!?　テーブルまで切れてない!?」

4本の脚に支えられているため崩壊こそしなかったが、なんとテーブルまでスッパリと切れていた。

僕は慌てて【アイテム錬成】でテーブルを修復し、思わずまじまじと魔短剣を見つめる。

こ、これが魔物素材と魔石を合わせて作ったアイテムの力――。

でもこれなら、野菜やフルーツの収穫から探索時の採集、魔物の討伐まで幅広く大活躍してくれそうだ。

僕はもう1本同じように錬成し、戦う術を持たないスイにも渡しておくことにした。

「――はいこれ、スイの分」

「えっ⁉　こ、こんな高級品、私には――」

「基本的には僕が守るけど、今後なにがあるか分からないんだ。スイも一応持っておいて」

「ですが――っ！　……し、承知いたしました。ありがとうございます」

スイはレスミアの魔短剣を受け取り、「すごいです……」とかなんとか言いながらその淡い水色の艶やかな輝きに見入っている。

――ふふ。なんだかんだで、スイって根っこは好奇心旺盛なんだよな。

出会った当時は何事にも無関心なように思えたが、最近その片鱗を見せることが多くなってきた。いいことだ。

僕は喜ぶスイを横目に、同じガロウの牙とレスミアで作った短剣を２０本、それからボーアの牙とレスミアで作った短剣を１０本ほど錬成していく。

どちらも基本的には同じものだが、ガロウの牙で作るとより切れ味が鋭く、ボーアの牙で作るとより頑丈になるんじゃないか、とリアードが推察していた。

同じ魔物の牙でも、それぞれ違う性質を持っているらしい。

ちなみに魔石はまだまだ潤沢にあるとはいえない状況のため、売却用の短剣には魔石を入れないことにした。それでも切れ味も強度も充分あるし、今はこれでいいだろう。

あとはキヌイ製のアイテムバッグとワンピースをいくつか作り、ダンデと薬草も持っていく分を仕分けていく。ため込んでいた金の卵の殻も、固めて金塊にした。

魔石はまだ数が少ないし、今回は売るのはやめておこう。

「金平糖と塩も少しだけ持っていこう。見た目も珍しいし、お菓子や贈答品として貴族が喜びそうなんだよね。もしかしたら高く売れるかも。あとは野菜やフルーツも。——今回はこれくらいかな。買うものに関しては、明日レオに必要なものを聞きに行こう。向こうはまだまだなにかと大変だろうから」

「そうですね。これだけあれば、援助しても当分の生活費には困らないと思います」

僕とスイは2人で相談しながら、明日街で売るものを決めていった。

第七章　転移の羽で、ついに街へ！

「――え⁉　街へ行く？」

「はい。レオさんも一緒に来てもいいんですが、今はまだ危ないですよね。なにかほしいものがあれば、僕とスイで買ってきますよ」

レオたちは、違法な奴隷商人から逃げてきた闇奴隷だ。

しかも相当高額だと思われる転移系の魔道具を盗んで逃げたらしいし、盾も持っていた。

もし生存を知られれば、必ず面倒なことになる。

「――そうだな。でも知っての通り俺らは無一文だし、渡せるものなんてなにも」

「今はまだそういう段階じゃないですよ。まずは協力して生活を安定させましょう」

「そうは言うが、さすがに金がかかるってなると話は変わってくる。ただでさえ返し方が分からねえくらい世話になってんだ。そういうことはちゃんとしたい」

レオは真面目な性格のようで、渋い顔をしてなかなか頷いてくれない。

「――あ、それならこういうのはどうですか？　人数も増えましたし、近々大きな畑を作ろうと思ってるので、その手伝いをしてください」

「いやそれは、手伝いというかむしろ俺たちがだな……」

レオたちは今、妖精たちが作った仮の住まいから独立すべく開拓に精を出している。

全員平民でスキルはもちろん魔法も使えないため、石や木で作った道具を貸し出してはいるが、それ以外は自分たちで頑張りたいと試行錯誤しているようだ。

一応、山を下りるのはやめてこの近辺だけにしてほしいと伝えていて、食料の大半は僕たちが提供している。どうせ消費しきれないしね。

レオたちも、実際に魔物に襲われて死にかけた経験があるため、ちゃんと行動範囲を守って動いてくれるので助かっている。

——少しずつ建物の枠組みができつつあるな。木材を運ぶのも大変だろうに。

でも、なんでもかんでも僕がやるのもきっと違うよね。

レオの性格上、そんな飼われるような生活は望んでないだろうし。

せっかく自分たちの村を作り上げるチャンスなわけだし。今は見守ろう。

でも、せめてなにかもう少し——。

「そうだ！　昨日、新しい素材を手に入れたので短剣を作ってみたんです。よかったら使ってください。よく切れますよ！」

僕はレスミアの短剣を2本、レオへ差し出す。

「れ、レスミア!?　超高級品じゃねえか！　そんな貴族が使うような代物受け取れねえよ！」

「この辺りに危険な魔物は出ないと思いたいですが、絶対ではないんです。いざというときに身を守るという意味でも、持っていてください。切れ味抜群なので、きっと開拓や調理にも役立ちますよ！」

僕はレオを説得し、半ば押しつける形でどうにか渡すことに成功した。

まったくみんな頑固で困る。

「ありがとう。……できれば、汚れてもいい安い服があると助かる」

「分かりました。あとは適当に見繕って買ってきます」

僕がそう言って戻ろうとしたそのとき。

「──そういえば、おまえはいつまで俺らに敬語なんだ？　逆ならともかく、おまえが俺に敬語なのはなんかおかしいだろ。普通に喋ってくれ」

「えっ？　でも僕のほうが年下ですし……」

「おまえが敬語を貫くなら、俺もおまえのことをリースハルト様って呼んで敬語で話す」

ええ……。

「分かり──分かったよ。じゃあお互い敬語はナシで」

「ああ。んじゃあ、気をつけて行ってこいよ！」

レオは満足げな笑みを浮かべ、手を振って僕を送り出してくれた。

自宅へ戻り、ここへ飛ばされたときに着ていた服に着替え、荷物を再確認して。

「――それじゃあスイ、準備はいい？」

「はい。でも本当によかったんですか？　私までアイテムバッグをいただくなんて」

「スイは僕にとって、大事な家族なんだよ？　快適に生きてほしいって思うのは普通じゃないかな」

「……そう、ですか。ではお言葉に甘えます。ありがとうございます」

赤面したスイに視線を逸らされてしまったが、とりあえず納得してくれたようでなによりだ。

「スイ、手を。物理的にも繋がったほうが確実だと思うから」

「は、はいっ！」

スイと手を繋ぎ、転移の羽を手に取って魔力を送り込む。

転移する位置は、ここがアトラティア王国の北方にある山脈のどこかであると仮定して、そこから一番近いと思われるシルティア卿が治める領地を指定することにした。

賭けではあるが、とりあえずはやってみるしかない。

永久追放されているブロンドール領へは入れないし、どうせ頼れる相手なんて誰もいない。

だったらできるだけ栄えていそうで、領主の人柄を知っていて、かつ魔石の消費量が少ない近場がいい。

転移の羽が魔力に反応し、虹色の光が僕とスイを包み込んだ。

妖精たちの『いってらっしゃい』という声が遠のいていく――。

◇◇◇

たどり着いたのは、活気にあふれる街の――なんと屋根の上だった。

「うわっ⁉」「きゃあ⁉」

よろけそうになるのを必死でこらえ、体勢を立て直す。比較的平らな場所でよかった……。

人目につかずに降りられそうな場所を探すと、横の細い路地が目に入った。

「――こっちなら大丈夫そうだね。スイ、飛ぶよ！」

「――へ？　きゃあああああっ⁉」

僕は下に風魔法でクッションを作り、路地へと着地した。

「し、死ぬかと思いました……」

「ごめんね。人が来る前に下に降りなきゃと思って」

スイは青ざめ、ぷるぷると震えている。本当ごめん。

着地した路地から表の通りへ出ると、多くの店が軒を連ねていた。

「すごい人だね。さすがシルティア卿が治める領だ」

本当なら挨拶に行きたいところだけど、今の僕はもう貴族じゃない。

元々遠く高貴なお方ではあったけど、今後は挨拶すら、直接言葉を交わすことすらできない

だろうな。そう考えると少し寂しい。

「そうですね。お互い迷子にならないよう、気をつけましょう……」

「うん。まずは持ってきた魔道具と素材を売ってお金にしよう。僕たち、一文無しだしね。多分大きいところじゃないと買い取れない額だと思うから――」

僕とスイが話をしながら周囲を確認していると、こちらへ近づいてくる1人の少女と目が合った。

「――え、すごい見てる。なんで？　僕たちなんかした？」

僕のほうをガン見しながら一直線に近づいてくる10代半ばくらいの少女は、案の定僕たちのすぐそばで止まった。そして食い入るように僕を見てくる。

「あ、あの……？」

「――はっ！」

珍しい亜麻色のウェーブがかった髪をハーフアップにしているその少女は、しばらく僕を見たあと、我に返って2歩ほど後ろへ下がった。

「突然ごめんなさい。少しいいかしら？」

「な、なんでしょう？」

突然ガン見しながら近づいてきて、今更すました顔で「少しいいかしら？」なんて言われてもな！

横ではスイが、僕になにかしたら許さないという風貌で相手の出方を窺《うかが》っている。

「そのリュック、どこで手に入れたのか教えてもらえない？」

「――へ⁉　え、リュックですか？　ええと……あなたはいったい？」

「え？　あなた私を知らないの？」

いや知りませんけど！　誰⁉

「見かけない顔だと思ったら、もしかしてこの辺の子じゃないのかしら。私はビゲスト商会のイリヤよ。父が会長をしている関係で、私も日々魅力的な商品を探しているの」

ビゲスト商会――は知らないけど、つまり商会の会長の娘さんってことか！

これはラッキーかもしれない。

「は、初めまして。僕はリースハルトと申します。こっちはメイドのスイ」

「初めまして。リースハルト様のメイドとして仕えております、スイと申します」

僕もスイも、今はブロンドール家にいたときの服を着用している。

そのため、「それなりの家の息子とメイド」という形を取ることにした。

「とてもいい服を着ているわね？　仕立てもしっかりしていて素晴らしいわ。もしかして、あなたの家も商会かなにかなのかしら？　ライバル？」

「いえいえ、違いますよ。――それより、このリュックですよね？」

家のことについて突っ込まれると困るため、リュックで話を逸らすことにした。

「――はっ！　そう！　そのリュック！　それ、どこで手に入れたの？　ちょっとだけ触らせてもらえない？」

「触るくらいならいいですよ」

僕がそう言ってリュックを下ろし、触りやすいように差し出すと、イリヤは目を輝かせ、はあはあと呼吸を荒げて手を伸ばしてきた。なんか変態っぽくて怖い！

「……わあ！　期待を裏切らない――いいえ、期待以上にしっとりとした滑らかさだわ。シルクにも見えなくはないけど、でもシルクよりも丈夫そうよね。本当、こんな素材見たことない」

まるで変態がセクハラしているかのごとく撫でまわすイリヤに、スイはなんとも言えない引いた目を向けている。

スイってこんな顔するんだ。僕も気をつけよう……。

「あの、そろそろいいですか……」

「――はっ。ごめんなさい、私としたことが夢中になってたわ。ねえそれ、入手元を教えてもらえない？　ぜひうちでも扱いたいわ！」

「……よければお売りしますよ。実はこのリュック、僕が作ったものなんです。今日はちょうど、これを含めた道具を売りに来たところで――」

僕がそう言い終わる前に、イリヤは僕の肩をがしっと掴んだ。

瞳の中にハートが見える気がするし、息が荒い！　怖い！　落ち着いて⁉

「申し訳ありませんが、このお方に乱暴しないでいただけますか？　衛兵を呼びますよ⁉」

「あ、ああ、ごめんなさい。危害を加えるつもりはないの。安心して」

全然安心できないよ！

「これをあなたが作ったって本当なの？　あなたみたいな小さな子がこれを⁉　い、いえでも、私だってそれくらいの歳には仕入れを手伝っていたわね。天才はほかにもいるってことかしら」

なんかさらっと自分を天才扱いしたなこの子！

イリヤはぶつぶつとなにかつぶやきながら思案していたが、改めてこちらを見た。

「ここじゃなんだし、少し3人で話さない？　私の行きつけの店でもいいし、不安なら近くに冒険者ギルドがあるから、そこの貸会議室でもいいわよ」

イリヤによると、ビゲスト商会は冒険者と取引をすることも多いらしく、大口の取引の際は貸会議室を借りて直接交渉していると教えてくれた。

「それなら貸会議室で」

「――分かったわ。こっちよ、ついてきて」

イリヤに連れられて向かった先は、3階建ての大きな建物。

中へ入ると、酒場も併設されていて、多くの人たちが集まって飲みながら作戦会議や情報交換をしていた。

「いらっしゃいませ。あらイリヤさん。今日は――」

受付の女性はそこまで言って、僕とスイを見て不思議そうな顔をする。

が、イリヤはそんなことおかまいなしだ。

「商談がしたいの。会議室は空いてるかしら？」

「し、商談、ですか。かしこまりました」

イリヤが会員カードらしきものを提示すると、受付の女性は空いている部屋を確認し、番号が書かれた札のついた鍵を渡してくれた。

「リースハルト君――って、長くて呼びづらいわね。リース君でいい？　あとスイさんも、こっちよ」

「なっ！　リース様をそんな呼び方――っ！」

「スイ、いいから行くよ」

「――っ。は、はい……」

スイは不服そうにしながらも、大人しくイリヤと僕のあとに続いた。

「どうぞ、入って適当に座って」

通された会議室は、ＶＩＰルームのような特別感のある、広くて豪華な部屋だった。

部屋の中央には質のよさそうな円形のテーブルが１つと椅子が８脚置かれていて、床には重厚な絨毯、天井にはシャンデリアが煌めいている。

これでも一応伯爵家の息子だし、絢爛《けんらん》豪華な部屋は見慣れているが。

しかしまさか、冒険者ギルドでこのような部屋へ通されるとは思わなかった。

——多分これ、常連さんとか貴族とか、そういう特別な人しか入れない部屋だよね。

変わった人だけど、リュックの素材も特殊なものだって見抜いたし、実力はあるってことなのかな。

イリヤは慣れた様子で僕とスイを部屋へ案内し、部屋の隅に置かれていた魔道具でお茶を淹れてくれた。

「それじゃあ、早速始めましょうか」

「よろしくお願いします」

僕はまず、イリヤのお目当て商品であるアイテムバッグを５つ取り出した。

——と、そこでイリヤが驚きの表情を見せる。

「ち、ちょっと待って。それ、アイテムバッグなの⁉　アイテムバッグを作ったってこと⁉」

「え？　ああ、はい。リュック型のアイテムバッグです」

「いやいやいやいや。さすがに、ねえ？　こんな子どもがアイテムバッグを作ったなんて、そんなことあるわけないわ。これ、触って確認してもいい？」

「もちろんです」

イリヤは白い手袋をはめて、仕上がりを見たり、魔法を使って性能を確認したりしている。その表情は真剣そのものだ。

――なんか、バッグに触れる手が震えてる気がするけど気のせいかな？

しばらくすると、一通り確認し終えたのかアイテムバッグをテーブルの上に戻した。

「どうでした？」

「どうって……こんなの絶対に逃せないわ。どこをとっても超一級品、しかも見たこともない生地を使っている。上位貴族が間違いなく食いつくやつよ！　問題はいくらで売ってくれるのか、だけど――」

イリヤはこちらの様子を窺いながらそう聞いてくる。

――そういえば、値段を決めてなかったな。どうしよう？

「このバッグ、ほかの商会にも卸してるのかしら？」

「いえ、今回が初めてなので、まだどこにも」

「どこにも⁉　うちが初めてってこと？　ふ、ふふ。さすがビゲスト商会の娘、運も才能のうちとはこのことね！　――ちなみに、アイテムバッグの相場はこれくらい。私のことが信用できないなら、ギルドの人たちを連れてきてもいいわよ」

イリヤは、自画自賛しつつ鞄《かばん》から書類を出し、数字を見せてくる。

ブロンドール家のみんなが使っていたアイテムバッグの価格を考えれば、嘘ではなさそうだ。

「いえ、信じます。それで、いくらで買い取っていただけるのでしょうか？」

「――生地の希少性と触り心地、仕立ての良さ、強度、容量は満点といっていいクオリティだわ。ただあえて問題点を挙げるとするなら――」

「……するなら？」

「デザインがその……少しダサいということね！」

――ぐ。そりゃまあ、僕にデザインセンスなんてないからな！

利便性を最優先に考えた簡易的なリュック型だし、そこについてはなにも言えない！

「でも貴族の間で話題になれば、この絶妙なダサさがウケる可能性も大いにある！　一見冒険者が使う簡易リュックのような形でありながら、実は超一級品。分かる人には分かる仕様。この感じが貴族の心をくすぐるかもしれないわ。男女問わず使えるデザインだから、遠征にも良さそうよね」

要は、人気は出そうだけど若干チャレンジ精神がいる商品ってことか。

「商売に関しては、イリヤさんのほうがプロです。だから価格は任せます。僕はイリヤさんの目を信じますよ」

「任せ――っ⁉　あなた、そんなことだとこの先絶対騙されるわよ？　……そ、そりゃあ私は領内随一の商会、ビゲスト商会の会長の娘で、プロ中のプロだし？　目はたしかだけど！」

領内随一の商会の娘⁉　この子、そんなすごい子だったのか！

イリヤは僕の「任せます」という言葉に舞い上がりつつ、同時に僕を心配してくれているようで、表情がころころ変わって慌ただしい。

でも、いい子なんだろうな。僕みたいな子ども、騙そうと思えば簡単なはずなのに。

「──ちなみに、今後も継続して取引することは可能なのかしら？」

「それはもちろん。イリヤさんが買い取ってくれるなら助かります」

「初回だし、５つまとめてこれくらいでどうかしら？」

イリヤが書いてこちらへ渡した紙には、「２００，０００，０００Ｇ」ととんでもない額が記されていた。

「に、２億グルド⁉」

ちなみに日本円に換算すると、１グルドでちょうど1円くらい。つまりざっと2億円だ。

「これくらい当然だわ。これだけのアイテムバッグを作るには、相当純度の高い魔石と高度な魔法が必要だったはず。むしろ安いくらいよ。でもこれ以上は、私の権限では難しくて」

スキルで数十秒あれば完成します、とは言えない雰囲気だな。

というか、魔石にも純度の差があるのか。知らなかった。

「ではそれでお願いします。──ちなみに、ほかにもいろいろあるんですけど」

「ほ、ほかにもあるの⁉」

イリヤはガタっと勢いよく椅子から立ち上がり、テーブルに手をついて前のめりになる。

目がらんらんと輝いていて、見せろという圧がすごい。

僕は持ってきた短剣や素材の類を、一通りテーブルの上に出した。

「レスミア製の短剣じゃない！　しかもこれ――魔物素材で強化されてる⁉」

「さすがです。こっちはレスミアとガロウの牙、こっちはレスミアとボーアの牙で作りました」

「ガロウとボーア⁉　あの加工が難しい牙をこんなに均一に……信じられない……。しかもこのレスミアも、恐ろしく純度が高いわ……」

ガロウとボーアの牙って、加工が難しいんだ？　全部スキル任せだから知らなかった……。

「それにこのワンピース、もしかしてアイテムバッグと同じ布地⁉　デザインはシンプルだけど、着心地は間違いないし部屋着としてとても喜ばれそうだわ。こっちのキラキラトゲトゲしたものはなにかしら？　この木の実も見たことないわ。それにこっちのこの薬草、もしかして――」

イリヤはすごいテンションで目をキラキラ、というよりもはやギラギラさせている。

現時点で既に充分すぎるくらいの価格になってるし、素材はまだまだ豊富にあるし、正直あげてもいいくらいなんだけど。

でも僕のスキルのせいで値崩れを起こすのはよくないよね。

僕はイリヤに、一つ一つ分かる範囲、言える範囲で説明した。

「ど、どうしよう。こんな素晴らしい出会いがあるなんて。でもこれ以上は、さすがに私の独断では――。リース君、時間はまだ大丈夫？」

「はい。全然問題ないですよ」

「それなら父に会ってみない？　父がいれば、絶対喜んで高値で買い取ってくれるわ！」

まさか商会の会長に会うことになるなんて。こちらとしても願ってもないことだ。

「ぜひお願いします」

「――ああ、父様は今どこかしら。近くにいるといいんだけど。少しここで待っててくれる？」

イリヤはそう言って部屋を出ていった。

「……最初はどうなることかと思いましたけど、いい商談相手が見つかってよかったですね」

「うん。――仕事が終わったら、おいしいものでも食べに行こう」

「はいっ！」


スイと話をしながら部屋で待っていると、バンッ！　と勢いよくドアが開けられた。

「――っはあっ、はあっ。お、お待たせ！　父を連れてきたわ！」

「――っはあっ、はあっ。い、イリヤ、ドアを開けるときはノックをしなさいとあれほど――！」

現れたのはイリヤ、それからイリヤのお父さんと思われる1人の男性だった。

2人とも走って来たのか、息を切らしている。そんなに慌てなくてもよかったのに。

「リース君、スイさん、紹介するわ。私の父、エフィックよ」

「初めまして。ビゲスト商会の会長をしているエフィックです」

「は、初めまして。リースハルトと申します。こっちはメイドのスイです」

僕の発言を受け、スイは深く頭を下げる。

領内随一の商会の会長だというからいったいどんな人なのかとドキドキしていたが、とても穏やかそうな壮年だった。イリヤと同じ、ゆるくウェーブがかった亜麻色の髪をしている。

服装も派手すぎず、清潔感があり質のいいものをシンプルに身につけていて印象がいい。

——デキる大人って感じだな。

イリヤとエフィックが席に着いたところで、再び商談に入ることとなった。

イリヤは、先ほど僕が説明した内容を一通りエフィックに伝えている。

エフィックは「触ってもいいか」と聞いてから手袋をして、一つ一つ丁寧にチェックしていった。

「まずは分かるものから。このレスミア製の短剣、品質が安定していて本当に素晴らしいね。にしても、ガロウとボーアの牙でこんなに強度が上がるものだろうか？　いやでも間違いなく……精度の高さゆえか……？　それにワンピースも、柔らかくて驚くほど滑らかだ。ぜひとも買い取らせてほしい」

「ありがとうございます！」

「そしてこの薬草は、最上級ポーションの原料だね？　危険な魔物が跋扈する山奥でしか取れない、希少性の高いもののはずなんだけど……。よく手に入れたね。しかも状態もいい」

回復薬として知られるポーションには、初級、中級、上級、最上級の4種類がある。

最上級ポーションには毒や麻痺などの状態異常を回復させる効果もあり、「死んでなければどうにかしてくれる万能薬」として超高額で取引される。

伯爵家であるブロンドール家でも滅多に手に入れられない代物だ。

「あとは金塊と、中級、上級の薬草と解毒草と――この綿毛みたいなのはなんだろう？」

「それはダンデという、淀みを浄化する植物です。ここだと分かりづらいんですが、暗くするとほのかに光ってるのが分かりますよ」

「――ほ、本当だ。初めて見たよ。淀みの浄化効果がある植物なんて初めて聞いた。効果の範囲や強度、持続時間はどれくらいか分かるかな？」

――あ。しまった。リアードに詳しく聞いておくんだった。

「勉強不足でごめんなさい。ちょっと分からないので、そのダンデは差し上げます」

「い、いいのか!?　いやでもさすがにタダってわけには……。それなら研究用ってことで、一本につき１０００グルドでどうだろう？　全部で１０本あるから、１万グルドだね」

「それなら１本５００グルドで。効果範囲が分からないものなので、それ以上はもらえません」

「――分かった。ではこのダンデという植物は、１本５００グルドで買い取ろう。あとは――

このビンに入った小さな粒も初めて見るな。それにビン自体も、透明度が高くてとても綺麗だ」

「この粒は、金平糖という砂糖でできたお菓子です。白いのは塩ですけど。たくさんあるのでよかったらご試食どうぞ。もちろん試食分はサービスなので無料です。イリヤさんもぜひ！」

「い、いいの⁉　それならいただくわ」

イリヤとエフィックは、淡い水色や紫色の金平糖を1つずつ取り、口へ含んだ。

「――甘い！　たしかに砂糖だね。でもただの砂糖じゃないな。角がなくまろやかで、コクもある。上質な蜜のような味わいだ」

「本当、シャリシャリしてておいしい！　若干フルーティーさも感じるわ。見た目も可愛いし、これは間違いなく奪い合いになるでしょうね。ふふ♪」

「白いほうもよかったら。こっちは塩なので、砕いて舐める程度をおすすめします」

シタデル山でつまみ食いした際むせたのを思い出し、ナイフで砕いてから2人に勧める。

「――うん、こっちもおいしい。しょっぱいけど、ただ辛いんじゃなくて甘さがあるというか……。とにかく複雑な味わいがあるな」

「普通の塩とは全然違うわ」

どうやら塩も気に入ってくれたらしい。よかった。

「そうだ、試食ついでに、こちらも召し上がってみてください。トゲの実です」

「それ、気になってたの。父様見たことある？」

「いや、ないな……」

「バナナとメロンを足したような味がして、とってもおいしいんですよ」

「私、フォークとお皿借りてくる！」

「イリヤ様、私が借りてきますので、どうぞお座りになってお待ちください」

慌てて部屋を出ようとするイリヤを制し、代わりにスイが向かってくれた。

お皿とフォークを待つ間、イリヤとエフィックは改めて商品をチェックし、「これはもう少し高くても」とか「こんな純度の高いレスミア、いったいどうやって……」とかなんとか話し合っていた。

「お待たせいたしました。フォークとお皿、あと一応ナイフもお持ちしました」

「ありがとうスイ」

トゲの実を切って皿に載せ、２人の前へ置く。

２人は匂いを嗅いだり眺めたりしてから、フォークで口へと運んだ。

「――っ！　おいしい！　シャクシャクしてるのに滑らかで不思議な舌触りだわ。味も本当、バナナとメロンのいいとこ取りみたいな味がする！」

「これは素晴らしいね。止まらなくなりそうだ。珍しい高級フルーツとして、ぜひとも売り出したい。見た目も特徴があるし、確実にヒット商品になる。ただ、名前がちょっとダサいな。なにか品名をつけて売るか」

「たしかに名前がダメよね。つけたの誰なのかしら」

くっ——！　名前が不評すぎて泣きたい。

アイテムバッグのデザインといいトゲの実の名前といい、僕にセンスを求めるなあああ！

「名前はどうぞお好きに変えてください。適当につけただけなので……」

「え？　——あ」

僕の反応で名付けたのが誰かを察したらしい2人は、「しまった」という顔で慌てて言葉を探す。

「ま、まあ分かりやすくはある。ただこう、せっかく珍しいフルーツなんだし、もうちょっとひねりがあるといいかなあと思って」

「高く売れれば、次回以降はもっと高く買い取れるし！　ねっ！」

いや、まあうん。いいんだけどね。

こうしてなんやかんやありながらも、2人の査定が完了したようだ。

「——これでどうかな？」

エフィックに提示された紙には、諸々で合計「160，000，000G」と書かれていた。

え、ええと？　さっきのアイテムバッグが2億グルドだから——。

「全部で3億6千グルドだね。支払いは現金で渡されても困るだろうから、振り込みかな？」

「じ、実は僕、まだ口座を持ってなくて……」

「リースハルト君の扱う商品はどれも高額だし、口座はあったほうがいいね。よければおじさんが一緒に行ってあげようか？　身分証は持ってるかな」

「……ええと」

どうしよう？　身分証なんてないし、身元を明かすこともできない。

こんなどこの馬の骨かも分からないような子どもが、口座なんて作れるのだろうか？

「その、ちょっと事情があって、身分証もないし身元も明かせないんです……」

「――ふむ。どうやら訳ありみたいだね。うちとしては、こんなおいしい商品絶対に逃したくないけど、額が額だからなあ。子どもがそんな大金持ってちゃ危ないし、そもそも持てる重さでも量でもない」

エフィックは、しばらく「うーん」と唸りながら頭を抱えていたが。

「ま、どうにかなるだろう。行くだけ行ってみようか！」

考えるのを諦めたのか、すべてを吹っ切るような明るさでそう言って席を立った。

「そうね、考えても仕方がないわ。行きましょう！」

「――ああ、心配しなくていいよ。私はこれでもビゲスト商会の会長なんだ。銀行も私を無下にはできないよ」

この２人、自由だな！　でも頼りになる！！！

僕とスイ、エフィック、イリヤの４人で銀行へ行くと、ビゲスト商会の担当者だという男が手厚く迎えてくれた。

エフィックは、その担当者となにやら話し込んでいる。

――身分証もないのにどうやって説得するつもりだろう？　大丈夫かな？

日本だったら間違いなく門前払いされるやつ！

「心配なの？　ふふ、父様に任せておけば大丈夫よ☆」

イリヤはウインクして、自信たっぷりにそう言って笑う。

途中からなんか偉そうな人も加わって、商売初心者のこちらとしては不安が募るが――。

「リースハルト君、口座、作れるそうだよ。よかったね」

エフィックは、そう言って朗らかな笑顔をこちらへ向ける。

そして担当者が出してきた書類になにかを記入し、相手へ渡した。

「リースハルト様とスイ様ですね。エフィック様と一緒にどうぞこちらへ」

またしてもＶＩＰルームのような部屋へ通されて、先ほどエフィックとやり取りをしていた担当者からキャッシュカードと通帳を受け取り、説明を受ける。

なんと、いつの間にかスイの分もできていた。すごい！

スイは驚きのあまり、ぽかんとした様子で自分のカードと通帳を見つめている。

担当者の男は、カードは身分証としても使えること、このアトラティア王国内の銀行であればどこでも自由にお金を下ろせること、支払い用の魔道具が設置されている店ならばカードでの支払いもできることなどを教えてくれた。

「——では、このカードの裏面に魔力でサインをお願いします。スイ様の分も、リースハルト様のサインで問題ありません。お名前はそれぞれのお名前をお願いします」

「はい——えっ⁉」

あれ、僕が貴族だってこと、バレてる⁉　なんで⁉

——あ。

そうか。よく考えたら平民に魔道具なんて作れるわけなかったあああああああ！

スキルを隠すことに気を取られてうっかりしてた……。

僕は思わぬところで敗北感を味わいながらも、渋々魔力によるサインを済ませた。

これで銀行が使えるようになったし、身分証も手に入れたことになる。

「お金はもう振り込んであるからね。そういえば、手持ちのお金は？」

「実はまったく……」

「それならちょうどよかった。10万グルドは直接渡しておくよ」

エフィックはそう言って、お金の入った袋を渡してくれた。

「なにからなにまでありがとうございます」

銀行を出て、改めて自分専用のカードを見ると、なんとなく一歩進めた気持ちになった。

本当に、ブロンドール家を出てから助けられてばっかりだな。

「――それじゃあ、私たちは会議室へ戻って商品の回収と鍵の返却を済ませてくるよ。２人はもう帰っても大丈夫だ。今日は本当にありがとう」

「こちらこそ、本当にありがとうございました！」

「今後とも弊社ビゲスト商会をどうかご贔屓《ひいき》に！」

「ご贔屓に！」

「こちらこそよろしくお願いいたします！」

僕たちはそれぞれ深々と頭を下げ、その場をあとにした。

第八章　スイと初めての町デート、そしてシルティア辺境伯

ビゲスト商会の２人と別れたあと、まずは昼食を食べようということになった。

「一文無しだったのに、３億６千万グルドも手に入れちゃった……」

「さすがリース様ですね。メイドとして、眷属として鼻が高いです」

眷属設定、まだ生きてたのか。まあ実際そういうことになってるらしいけど。

「これでスイへの賃金も支払えるよ。スイの口座も作ってもらえたし、あとで送金するね！」

スイは気にしなくていいって言ってくれるけど、さすがにタダ働きはさせたくない。サービスを受けるなら、相応の対価を支払うべきだ。

前世で僕にサービス残業を強要していた、あのブラック企業のパワハラ上司みたいにはなりたくなかった。

何気なく入ったレストランは、お昼時を過ぎているためか比較的空いていた。

店の雰囲気も悪くないし、これならゆっくり食事ができそうだ。

「スイはなにが食べたい？　僕は――ミートパイとサラダにしようかな」

「えっ、ええと……」

――ああそうか。スイ、外食は初めてなのかもしれないな。

スイの実家は貧しくて、しかも父親は実の娘であるスイを売るような人間だ。

以前、よく殴られていたとも話していた。

うちに来てからも、闇奴隷とやらに落ちかけていた子どもに与えられる賃金なんて知れているだろうし、そもそも外食なんてできる時間的余裕もなかったように思う。

まあ、僕もこの世界での外食は初めてなんだけど！

僕が黒髪黒目であるのを気にして、父上や義理の母上が外出を許してくれなかったのだ。

とはいえ、前世ではそれなりに外食もしているし、スイほどの「初めて感」は当然ない。

「好きなものを頼んでいいよ。スイはなにが好き？」

「……じゃがいも、でしょうか」

「うーん、それは帰ったらいくらでも食べられるし、今は別なのがいいんじゃないかな。――そうだ、それならいろいろ頼んでシェアしようか。すみませーん！」

僕はサラダを２つとミートパイのほか、串焼き肉、白パンとチーズのセットを注文した。

しばらくして運ばれてきた料理を見て、スイは驚き目を輝かせる。

そして僕も！　だってようやく肉が、肉が食べられる！！

それに、パンとチーズだって久しぶりだ。

「足りなかったら追加するから、好きなだけ食べてね！　それじゃあ、いただきまーす！」

「い、いただきます……！」

サラダはそれぞれ一皿ずつ、ほかはすべて半分こして、お皿に分けてスイに渡す。

こうしないと、遠慮して食べなそうだからね……。

「こ、これは貴族様のパン！　本当に私が食べていいんでしょうか……。それにミートパイなんて、私初めて食べます！」

「もちろん。むしろ食べてくれなきゃ困るよ。あ、でも苦手だったら残していいからね」

僕はそう返して、串焼き肉を頬張る。

「——っ！　うまいっ！　ああ、久々の肉が身体に染み渡る……」

串焼き肉の肉々しさに感動し、自分が肉に飢えていたのだと改めて実感した。

「パン、ふわふわです！　わあ！　おいしい！」

スイはまず、白パンに夢中になっている。

ブロンドール家で日々目にしながらも、自分が食べることはできず気になっていたのかもしれない。気づかなくてごめん。

——そうだ、小麦を育てられればパンも作り放題なんだよな。

せっかくだし小麦の種も買って帰ろう。

ほかにもいろんな種を仕入れて、畑を拡充して——。ふふ、これは夢が広がるぞ！

「ミートパイ、すっごくおいしいです。サクサクの生地も、このひき肉もたまりませんね……」

ふと前を見ると、スイは食べながら泣いていた。

スイから食事への不満は聞いたことがなかったが、実はそんなに飢えていたのだろうか？

文句なんて絶対に言わない子だし、ありえない話ではない。

「えっと、その……ブロンドール家でも山でも、まともな食事を出せてなくてごめんね……」

「――えっ⁉　あっ、その、これは違うんです！　ごめんなさいっ！」

スイは泣いている自分に気づいていなかったようで、慌てて涙をぬぐった。

ブロンドール家の使用人の食事は僕がどうこうできることじゃないけど、山での生活は完全に僕の責任だからなあ。うう。

「ブロンドール家にいたときのことを改めて思い出して、リース様、今本当に幸せそうだなって。それがすごく嬉しいと同時に、まだ幼いのにどれだけ辛くて窮屈な思いをしていたんだろうって……考えてしまって……ごめんなさい……」

「スイ……。僕は大丈夫だよ。ありがとう」

スイは僕よりずっと大変な幼少期を過ごしてきたはずなのに、そこまで僕のことを考えてくれていたのか。本当に優しい子だな。

「私、リース様に救われたのに自分はなにもできなくて、苦しそうなリース様を見ていてずっと歯がゆかったんです。だからこうして幸せそうな今がとても嬉しくて。……私が笑顔にしたわけじゃないですけどね。えへへ」

くっ――まったくなんなんだこの子は！　天使か⁉　抱きしめたい！

そんな欲求を押し殺し、ミートパイを頬張った。

「前も言ったと思うけど、僕だってスイに救われてるんだよ。実の母親が死んでから、僕の味方はスイだけだったしね」

露骨に嫌な顔をしながら最低限の仕事だけさっさと済ませ、そそくさと退散してしまう交代制の世話係やメイドたち。

ちょっとしたミスも許さず、隙あらば叱りつけ鞭《むち》で叩いてくる教育係。

僕を腫れ物のような目で見る、もしくはいないものとして扱う家族。

スイ以外、僕の周りにはそんな人間しかいなかった。

「これからはきっと、リース様の実力が多くの人の目に触れて、あっという間に人気者になっていくんでしょうね。そうなっても私をお側に置いてくださいね」

「あはは。もちろんだよ。それに僕は人気者になるより、シタデル山で平和にのんびり余生を過ごしたいな」

「ふふっ、5歳で余生って早すぎですよ、リース様」

おかしそうにクスクスと笑うスイを見て心が温かくなると同時に、この子もいつかは好きな人ができて離れていくのだろうな、となんとも言えない気持ちがよぎる。

そうなったら、僕はついに1人ぼっちか。

いや、もしかしたら僕に彼女ができる可能性も――。

――はあ。くだらないことを考えるのはよそう。それより今は。

「そろそろ買い物に行こうか。買いたいものもたくさんあるしね」


食事を済ませたあと、僕とスイは必要なものを買ってまわった。

まずは服屋へ行って服をまとめ買いし、雑貨屋でキヌイを染めるための染料、石鹸などの日用品、筆記用具の類、それから畑に植えるための種も買った。

「そうだ、せっかく町へ来たんだし、本屋で本と地図も買っていこう」

山では、スイと一緒にいるときはスキル【鑑定眼】に助けられることも多いけど。

でも魔物が多いエリアへは連れていけないし、学べることは学んでおきたい。

あと、いい加減シタデル山がどこに位置しているのかもう少し具体的に知りたいしね！

まあ無事シルティア領へ着けたってことは、おおよその位置は合ってたってことだろうけど。

「植物と魔法に関する知識は必須だよな。薬草、絶対もっと手に入りそうな気がするんだ」

「そうですね。希少な植物がたくさんあるようですし、私も知りたいです」

ブロンドール家にあった本はそれなりに読んだけど、どんな魔法が存在するのか改めてちゃんと学んでみたい。なんといっても、今の僕は全属性の魔法が使えるのだ。

「スイ、スイもほしい本があれば買うよ。――って、文字が読めないんだっけ」

「はい。申し訳ありません……」

「それなら、文字を学べる本を買おう。ドリル形式のものと絵本がいいんじゃないかな」

参考書のコーナーへ行き、スイが簡単な読み書きを学べそうな本を選定していく。

「ありがとうございますっ！　あ、あとその……料理を学びたくて……」

「料理か。いいね！」

スイは、山でも料理にとても関心を持ち、できる範囲で工夫して楽しんでいた。

きっと料理が好きなんだろう。

「じゃあ料理本も何冊か買おう。できるだけイラストが多くて分かりやすいのがいいね」

料理は僕も好きだし、今度新たに家を作るときは広いキッチンを作るのもありだな。

スイが慣れてきたら、料理を当番制にしてみるのもいいかもしれない。

たまにはレオさんたちも呼んで、食事会をしながら交流を深めるのも楽しそうだ。

本を買って出たあとも、僕たちは買い物をしながら大通りを見て回った。

「…………」

「……スイ？　どうかした？」

「えっ！　い、いえ！　なんでもないです！」

「そう？」

そう返したものの、気になってスイの視線の先へ目をやると、そこは小さな露店だった。

革製のアタッシュケースが蓋を開けた状態で並べられていて、その中にはたくさんのアクセサリーが展示されている。なるほど。

「――そういえば、貴族は自分が認めた世話係にプレゼントを贈る風習があるんだ」

「へっ？　え、そう、なのですね？」

「うん。だから僕も、スイになにかプレゼントしたいな。例えばほら、あの露店のアクセサリーなんてどうだろう？」

まあ、本当はそんな風習ないし嘘なんだけど。

でもスイ、なにか理由がないと絶対買わせてくれなそうだし……。

「で、でも、さっきも本を……。それに、リース様にはたくさんのものをいただいています」

「それはプレゼントというか、必要なものでしょ。ブロンドール家は追放されちゃったけど、僕はこれでも元伯爵家の息子なんだ。だから僕を主だと認めてくれるなら、なにか受け取ってほしいな」

「そ、そういうことでしたら……。でも本当にいいのですか？」

戸惑うスイを露店の前へと連れていき、どれがいいかと尋ねる。

「いらっしゃい。坊ちゃん、メイドさんにプレゼントかい？」

露店の店主と思われる30代くらいの男が、微笑ましそうにこちらを見てきた。

「――え。ええまあ。せっかく来たので、日頃の感謝も込めて」

自分で買うと言ったものの、こうして他人に口を挟まれると恥ずかしくなってくる。

僕だって、女性にこういうプレゼントを買うのは初めてなのだ。顔が熱い。

「あっはっは。可愛い坊ちゃんだ。素敵な主様でよかったなあメイドさんよ」

「は、はいっ。リース様はとっても素敵な主様ですっ！」

スイは男の言葉に真剣な顔で、しかも若干前のめりにそう答える。

男も、まさかそんな真面目かつ本気の反応が返ってくるとは思いもしなかったのだろう。

「お、おう」とだけ返事をし、照れた様子で視線を彷徨わせ始めた。

嬉しいけど恥ずかしすぎて帰りたい！

「――コホン。で、どれにするんだ？」

「スイ、どれがいい？　どれでも好きなものを選んでいいよ。せっかくなら、気に入ったものを身につけてほしいしね」

僕がそう言うと、男はニヤついた顔を隠そうと後ろを向いてしまった。

今はもう、なにを言っても恥ずかしいセリフになってしまいそうだね⁉

「――ど、どれが似合うと思いますか？」

「えっ――」

僕にそれを聞くの⁉

さっきビゲスト商会の２人に散々センスのなさを突っ込まれたのに⁉

「いや、僕はちょっとそういうのは……。スイは可愛いからどれでも似合うんじゃないかな？」

「……こういうの、初めてなんです。だからその、リース様に選んでほしい、ですっ！」

えええええええええええ。

いやちょっとどうしたスイ⁉

店主が悶えてるからやめてあげて！　というか店主も落ち着け⁉

「えーっと……うーん……」

あまり邪魔にならなくて、かつ身につけやすいものがいいよね？

指輪はさすがに重い気がするし、となると髪につけるアイテムがいいかな。

茶髪のセミロングに似合いそうなもの——。

「——なんか、猫モチーフ多いですね？」

「ああ、この町じゃあ、猫は幸せの象徴って言われてるからな。人気なんだよ」

幸せの象徴か——。

「スイ、この黒猫に宝石がついた髪ゴムはどう？　あ、でも黒じゃ地味かな」

髪ゴムの、黒猫の顔の形をしたシルエットパーツには、首の部分に3つほどダイヤのような小さい宝石がついている。

「これ、私もさっき気になって——！　でもこれ……その、お高いのでは？」

スイは一瞬パッと面を輝かせたが、すぐに不安げな表情を浮かべて値段を気にし始めた。

「お金はあるから大丈夫だよ。スイはおさげにしてることが多いから2ついるよね。おじさん、この黒猫の髪ゴム2つください」

「はいよ！　こいつを選ぶとはお目が高いな、さすがいいとこの坊ちゃんだ。これは特殊な貝殻を加工して作ったものでな、うちで扱ってる中では一番上等な品なんだ」

男はそう言って笑う。

「えっ、そ、そんな――。それなら別のものでも――」

手に取って黒猫部分に触れてみると、しっかりと固いのにどこか柔らかな不思議な感触で、内側からじわっとひんやり冷たさが伝わってきた。

うっすらと、パールの表面のようなオーロラのような独特の輝きも見える。

宝石も小さいながら美しく、作りも細部まで丁寧で、あまり詳しくない僕が見ても粗悪品でないことだけははっきりと分かった。

「これにします」

「リース様!?　しかも2つもなんて、そんな――」

「嬢ちゃん、せっかくのプレゼントなんだ。黙って受け取ってやりな。坊ちゃんはこれをあんたにつけてほしいんだろう。なあ？」

「えっ――。そ、それは……まあ、はい……」

「あっはっは。こりゃあ将来が楽しみだな」

子ども2人でアクセサリーを選ぶ姿が目立つのか、周囲の人たちもこちらをチラチラ見ては

「見てあれ、メイドさんにプレゼントしてる！」とか「可愛いカップルね～」とか好き勝手言っている。顔から火が出そうだ。

支払いを済ませて商品を受け取り、「また顔を見せに来いよ！」なんて声をかけられながら、僕とスイは足早にその店をあとにした。


「――ふう。まったく。スイ、はいこれ」

「あ、ありがとうございます！　大切にします！」

さっきはなんの羞恥プレイかと思ったが、髪ゴムの入った紙袋を大事そうに抱えるスイに、買ってよかったと心が温かくなるのを感じた。

「あ、あのっ、これ、早速つけてもいいですか……？」

「うん、もちろん！　使ってもらえるのが一番嬉しいよ」

「ありがとうございます！　では……！」

道の端に寄って立ち止まり、両サイドのおさげに黒猫の髪ゴムをまとわせる。

陽の光で猫と小さな宝石がキラキラと輝き、一気に華やかになった気がする。

まあ、スイはなにもしなくたって充分可愛いんだけどね。

「どう、でしょうか？」

「うん、似合ってる。可愛いよ」

「――っ！　あ、ありがとうございます」

耳まで真っ赤になって手で顔を覆うスイに、こっちまで顔が熱くなってしまった。

嬉しそうでなにより！

◇◇◇

リースハルトとスイが露店を見ていたちょうどその頃。

「そういえば、ブロンドール家への融資の件、どうなさるおつもり？」

「うーん、一度会って話をしてみようと思う。ご子息が亡くなられたところへトラブルが続いていて、気の毒ではあるんだが……少し気になる噂《うわさ》を耳にしてね」

シルティア辺境伯領の町を通る立派な馬車。

その中には、シルティア辺境伯とその妻であるルミナが乗っていた。

2人は今、買い物がてら領内を視察中だ。

傘下にいる下級貴族や町長から話を聞くだけでなく、こうして自らの目で町を見て新たな気づきを得る。それがシルティア辺境伯のモットーだった。

平民にも分け隔てなく接し、積極的に問題と向き合う彼もその妻も、領民からの支持は厚い。

その影響か、町はいつも活気にあふれている。

「――あら？」

馬車から町を見ていたシルティア夫人は、ふとある子どもとメイドの姿に目を留める。

2人はアクセサリーを売っている露店の前に立ち、なにやら話し込んでいる様子だ。

「ふふっ。ねえあなた、あれを見て」

「うん？」

「小さな主様がメイドさんとデートをしているわ。どこかの商家の息子さんかしら？　可愛い」

「――え？　あの黒髪の少年は……。い、いや、まさかな。あの子はもう――」

「お知り合い？」

「――いや、きっと気のせいだろう。黒髪の子は、珍しくはあるけれどそれなりにいるからね」

シルティア辺境伯はなにかを吹っ切るように目頭を押さえ、首を横に振った。

「黒髪も一昔前は迫害の対象だったけれど、今ではこんなに自然と受け入れられて。これもあなたの活動の賜物ですわ」

「いやいや。そもそも人を髪や目の色で判断するのがおかしいんだ。よその国には、黒髪の貴族だってたくさんいる。――この国の貴族の間では、今でも金髪至上主義が根強く残っているがね」

そう言ってため息をついたシルティア辺境伯は、窓の外を眺めながら、ある少年のことを思い出していた。

差別が色濃く残るブロンドール伯爵家に、妾の子として生まれた黒髪の少年のことだ。

――たしか、名はリースハルト君といったか。まだ幼かったというのに。

以前ブロンドール家へ招待された際、表立って虐げられていたわけではないけれど、ほかの家族とリースハルトとの間にどこか違和感と距離を感じた。

母親を亡くして間もなかった当時、彼はさぞかし辛い気持ちで過ごしていたことだろう。

それでも笑顔で礼儀正しくあろうと頑張っていたリースハルトを、シルティア辺境伯はひそかに高く評価していたのだ。

「……まさかこんなに早く病気で亡くなってしまうとは」

「――そういえば、ブロンドール家の息子さんもあの男の子と同じくらいの歳と言っていたかしら。わたくしは会ったことはないけれど、以前あなたが『とても強く賢い子どもがいた』と話していたのを覚えていますわ」

ブロンドール卿から送られてきた手紙には、「息子は引っ込み思案な性格でしたので、葬儀は身内のみで執り行うことになりました」と書かれていた。

たしかにあの子は、奥ゆかしい子ではあった。でも本当にそれだけだろうか？

さすがに伯爵自らの手で「処分」したとは思いたくないが――。

「……ブロンドール家は、本当に惜しい子を亡くしたものだ」

「あなたがそう言うのなら、きっとそうなのでしょうね」

馬車の中にどんよりとした空気が流れ始め、シルティア辺境伯がそれを振り払うように話題を変える。

「――そうだルミナ。言い忘れていたが、さっき冒険者ギルドへ視察に行った際、ビゲスト商会の２人と会ってね。いいものが手に入ったから近々ぜひ見てほしいと言われたよ」

「あら、エフィックさんとイリヤちゃん、だったかしら？　それは楽しみね。いったいなにかしら」

シルティア辺境伯の思いやりを察したのか、ルミナはそれ以上、露店の子どもたちやリースハルトについて触れることはなかったが。

しかし彼の心の中には、なんとも言えない違和感が残り続けた。

◇◇◇

日が暮れるころ。

町を満喫した僕とスイは、シタデル山へと戻ってきた。

「ただいま」

「ただいま戻りました」

『リースハルト！　スイ！　おかえりなの！』

『あら、日帰りでしたのね。てっきり泊まってくるものだと』

『おかえり。町は満喫できた？』

柵で囲われた家へ戻ると、早速妖精たち、それからレアスライムが出迎えてくれた。

「ぷるー！」「ぷるる！」「るー！」

「満喫してきたよ。宿泊も考えたんだけど、僕とスイだけじゃ難しいかなって。宿屋に不審がられて通報でもされたら困るしね」

それに、昼間に大通りを歩く分には比較的安全と思えたが、夜の町が安全かは分からない。子ども2人での外泊なんて、できたとしても危険がつきまとってしまうものだ。

「でも、染料とか石鹸とか筆記用具とか、いろんなものを買ってきたよ。あとは本と地図も！」

シャワーの水も湖から引いているため、石鹸がなくても浄化効果で綺麗にはなっていると思われるが。それでもやっぱり、石鹸があるとより安心できる。

『――あら？　スイの髪になにかついていますわね？』

『本当なの！　なんかオシャレさんになってるの！』

「えへへ、これはリース様がプレゼントしてくれたんです」

スイはそっと髪ゴムに触れ、嬉しそうに微笑んだ。

『へえ、似合ってる。でも、眷属に自分の髪や目と同じ黒色のアイテムを贈るなんて、リースハルトって実は支配欲が強かったりする？』

「えっ⁉」

言われてみれば、たしかに僕の髪や瞳の色と同じだけど。でも考えもしなかったよ！

けど主従関係みたいになってる以上、その辺りは配慮すべきだったかもしれない。

「そんなつもりじゃ——。ごめんねスイ。僕はただ、スイに似合いそうだなって——」

僕は慌ててスイに謝ったが。

「支配、してくださってもいいんですよ？　私はリース様の眷属なんですから♪」

「えっ⁉　い、いや、僕はそういうのは」

「それに私は、リース様を身近に感じられて嬉しいです！」

そう言って幸せそうに頬を染めるスイに、この子が将来変な癖《へき》に目覚めないか心配になった。

『そういえば、お肉は買いませんでしたのね？　あんなにほしがっていたのに』

「——え？　——あ。ああああああ！　忘れてた！」

『ええ……。ボクはむしろ、それ目当てだと思ってたけど……』

『あははっ。リースハルト、意外とドジっ子なの』

「も、申し訳ありませんっ！　舞い上がってうっかりしていました……」

「いや、僕も完全に忘れてたよ。残念だけど魔石の無駄遣いはしたくないし、また今度かな」

まあ、町ではたっぷり食べてきたし。次の楽しみに取っておこう。そう思っていたが。

「ぷる？　ぷるる！　ぷるー！」

「うん？　どうしたの？」

レアスライムたちが、僕の足下で一生懸命なにかを訴え始めた。

『ついてきてほしいみたいですわよ？　見せたいものがあるって言ってますわ』

「レアスライムの言葉、分かるの!?」

『なんとなく、ですけれど』

僕たちは、レアスライムに案内されるまま畑のほうへと向かった。

畑には、相変わらず立派な作物がたわわに実っている。

「ぷるー！　ぷるるー！！！」

「――うん？　あれ、なんだろうこれ？」

木のエリアへ向かうと、そこにドリアンのような実をつけている木があった。

こんなの植えたっけ……？

「ここって、レアスライムがくれた種を植えた場所じゃないでしょうか？」

「――そういえばそうかも。いったいなんの実だろう？　見た目はドリアンだけど」

「ドリアン……？」

「ああ、いや。とりあえず中身を確認してみようか」

僕はレスミアの短剣でドリアンもどきを1つ収穫し、キッチンで割ってみることにした。

「――え？　は？」

「こ、これってお肉、ですよね……？」

ドリアンもどきの中には、なんと牛肉のような見た目をした肉がぎっしり詰まっていた。

いやいやいやいやいや。

ドリアンを割ったら中身が肉でしたとか、そんなのおかしいだろ！

え、本当に⁉　この世界では、肉が果実として収穫できるの！？！？

「い、いや、まだ見た目と匂いが肉っぽいフルーツって可能性も――」

「……お肉で合ってるみたいです。スキル【鑑定眼】がそう言ってます」

「えっ？」

「試しに心の中で『お肉ですか？』って聞いてみたら、緑色の光が点滅して答えてくれました」

なにそれ便利！

スキル【鑑定眼】ってそんなこともできるのか！

「それじゃあ、本当に肉が食べられるんだね⁉」

「そのようですね。私、お肉がなる木があるなんて知らなかったです！」

「普通はならないよ⁉　ならないからね⁉」

――ならない、よね？？？

「しかもこれ、牛肉、豚肉、鶏肉の3種類あるみたいです。なぜ分かるのかと聞かれるとよく分からないんですが、なぜかそう理解しました」

肉の木もすごいけど、スイもすごすぎないか？

文字が読めないスイでも扱える仕様、ってことなんだろうか？

『お肉が採れるミイトの木は妖精界にもありますけど、1本から3種類採れる木なんて初めて見ましたわ』

『ボクも初めて見たよ。これは画期的だね』

肉の木、ミイトの木っていうんだ？　そして妖精界には普通にある、と。

もしかして、肉の木ってこの世界では普通なの？？？

だんだん自分の常識に自信がなくなってきた……。

「……ま、まあ、せっかく肉が手に入ったんだし。今日はこれを使ってみようか」

けっこうなサイズ感だし、どうせなら豪勢にステーキといこう！

というわけで、晩ごはんはミイトの木の実で作った厚切りステーキ、それから付け合わせとしてマッシュポテトと枝豆、トマトを添えたものになった。

レスミアで作ったフライパンは熱伝導率が高く、しかも不思議なくらいにくっつかない。

お湯を沸かすのも、レスミア製の鍋の方が圧倒的に早くて感動した。

これは料理が快適になるな！　作ってよかった！

「それじゃあ――いただきます！」

いつものようにやってきたオコジョルも加わり、僕たちは山で初めての肉料理を堪能した。

「お、おいしい——！　完全に牛肉だね！」

「幸せの味がしますっ！　柔らかい……！」

ミディアムレアに焼き上げたステーキはとてもジューシーで、噛めば噛むほど肉のうまみが口の中へ広がっていく。

肉質は赤身だが柔らかく、町で食べた肉の何倍も上質な気がする。

なんなら、ブロンドール家で食べていたステーキよりずっとおいしい。

味つけは相変わらずバターと塩のみだが、それでも最高の晩ごはんとなった。

『肉の実って、焼けばこんなにおいしくなりますのね!?　わたくし苦手でしたのに、これからは大好物になりそうですわ！』

『ボクは生でも嫌いじゃなかったけど、これは妖精界に激震が走るレベルだよ』

『んんーっ！　ジュワーっておいしさが広がるの〜！』

——え。もしかしてこの子たち、これまで生でこれを食べてたのか!?

調理をする文化がないとは言ってたけど、生肉をむさぼる妖精たちを想像するとだいぶホラーだよ！

「ミイトの実、豚肉や鶏肉もあるんだよね？　ランダムなのかな？」

「どうなんでしょう？　すみません、そこまでは分からないです。でも鶏肉は、私も知ってます。ブロンドール家でたまにいただいてました」

「たまに、なんだ……」

ブロンドール家、使用人の待遇が思った以上に悪いな。

それともスイに対してだけなのか？　どっちもあり得そうで嫌になる。

僕も自分のことで精一杯で、その辺はあまり見てなかったからなあ。申し訳ない。

でも行儀見習いとして来ている貴族令嬢だっていたはずだし、メイドの中でも差別と贔屓がはびこっていたんだろうな。

「これから、たくさんおいしいもの食べようね」

「はいっ！　レシピ本も買っていただきましたし、私も早く文字を覚えて料理を作れるように頑張りますねっ！」

「うん、楽しみにしてるよ」

でもそうなると、ますます本格的な冷蔵庫や冷凍庫がほしくなってくるな。

問題はなにで作るか——。

冷却機能は魔石でどうにかなりそうだけど、保冷効果の高い素材が思いつかない……。

——今の木箱で作った冷蔵庫もなかなかのものだし、やっぱり木が優秀なのか？

「なにか、断熱性を上げる素材ってないのかな……」

『断熱性かあ。素材じゃないけど、空気を抜いて真空状態にすると熱が伝わらないよね』

「――そ、それだああああああああああああ！！」

真空！　なんで気づかなかったんだろう？

会社で節約のために真空断熱のタンブラーを愛用してたのに！！！

タンブラーはステンレス製だったし、多分レスミアでもいけるか？

いやでも、ステンレスって金属の中では熱が通りにくいんだっけ？

『レスミアに熱が伝わりづらくなる素材を混ぜればいいんだよね？　簡単だよ！』

『リアードは博識ですものね。ふふ』

「助かるよ！　ありがとうリアード」

これでようやく、冷蔵庫と冷凍庫が手に入る！！！

第九章　充実していく山での暮らし

リアードの案を活かしたことで、冷蔵庫と冷凍庫の錬成は大成功を収め、食材の保存が一段とラクになった。

「鮮度を保てるってやっぱりいいな。しかもなんか高性能だし！」

魔石やレスミアに含まれる魔力のおかげか、冷蔵庫も冷凍庫も、冷やしてくれるのはもちろん食材の劣化を総合的に防いでくれるのだ。

この世界にはラップやポリ袋のような便利な包装用品は存在しないため、葉っぱや紙に包んだり、木箱へ入れたりする収納が一般的なのだが。

乾燥しやすい冷蔵保存でもまったく乾燥せず、入れた状態をそのまま保ってくれる。

切ったりんごの残りも、一応塩水に漬けたあとではあるが、器に入れてそのまま冷蔵庫へ突っ込んでもおいしそうな姿を保っていた。すごい。

「レスミア改《かい》がまだ残ってるし、レオたちにも冷蔵庫と冷凍庫を作ってあげよう。これから暑くなってくるから、食中毒も心配だしね」

ちなみに「レスミア改」というのは、レスミアの熱伝導率を下げるためにリアードがなんやかんや混ぜ込んだ特殊なレスミアのことを指す。ややこしいのでそう命名した。

僕はレスミア改と魔石、食材類をアイテムバッグへ収納し、レオたちの集落へと足を運んだ。

集落とはいってもまだまだ完成には程遠いが、それでも着実に作業を進めているようだ。

簡易的ではあるものの、すでに家が数軒建って、畑もそれなりの形になっている。

先日、妖精たちの協力もあって井戸の錬成に成功したため、水の確保にも困らなくなった。

どうやらこの山の地下には、潤沢な水が蓄えられているらしい。

ちなみに、レオたちが来た当初作った仮住まい用ログハウスは、最終的にはみんなが集まれる学校兼集会所にする予定だと教えてくれた。

「レオさん、ラルさん、こんにちは！」

「――おお、リースハルト」

「リースハルトくん、こんにちは！」

ちなみに「ラル」というのは、１０代後半か２０代前半くらいだと思われる、レオとよく行動をともにしている女性だ。

レオと一緒に集落の取りまとめ役を担っており、面倒見がいいこともあって小さな子どもたちにもよく懐かれている。

「今日は冷蔵庫と冷凍庫を作りに来たよ。これから暑くなるだろうし、食材を無駄にしないためにもあったほうがいいと思って」

「れいぞ――？　なんだそれは」

「うーん、説明するより見てもらったほうが早いと思う。みんなが集まりやすい場所がいいだろうし、最初に作った仮住まいの家に設置するね！」

「お、おう？」

僕はレオ、ラルとともに仮住まい用の家へ行き、スキル【アイテム錬成】で大きめの冷蔵庫と冷凍庫を錬成した。10人いるからね。

「これが冷蔵庫。食材を冷やすための箱みたいなものだよ。で、こっちの冷凍庫は入れておくと凍らせることができるんだ。それぞれ食材によって向き不向きがあるから、それはまた必要に応じて教えるね」

「――魔道具か？　すげえな」

「こ、こんなすごいものを一瞬で作っちゃうなんて。でもたしかに、冷やしておけば食材が腐りにくくなるものね」

レオとラルは、それぞれ冷蔵庫と冷凍庫を確認し、感動している。よかった。

「あとはこれ。お肉だよ。牛肉と豚肉と鶏肉――みたいなもの」

「……みたいなものってなんだよ」

「えーっと……なんかミイトの木っていう、肉がなる木を手に入れて……」

「はあ⁉」

「……いくらリースハルトくんの言うことでも、さすがにそれは」

2人とも困惑し、露骨に疑いの眼差しを向けてくる。本当なのに！

僕は肉を包んでいた葉っぱを開き、中身を見せることにした。

「――に、肉だ。肉だが、これが木に？」

「おいしそう……。お肉なんて、奴隷になってからほとんど食べてないわ……」

「今度また、うちに遊びに来てよ。肉の木を見せてあげる！　お肉は全部冷凍してあるから、冷凍庫へ入れておくね。冷蔵庫で半日ほど、もしくは常温で数時間解凍して調理すれば食べられるよ！」

持ってきた肉類をすべて冷凍庫へ入れ、じゃがいもなどそのまま冷凍してはいけない野菜について一通り説明していく。

まあ、保存性の高いこの冷蔵庫があれば、肉も冷蔵で長期保存できるかもしれないけど。

でもなにかあったら怖いし、今は冷凍を推奨しておくことにしよう。

「なにからなにまでありがとう。本当に、どうお礼をしたらいいか分からないわ」

「気にしないで。みんなが来てくれて、僕も嬉しいんだ。スイと2人きりじゃ、なにがあるか分からないし不安だからね。そうだ、塩と砂糖、それからミルクとバターも置いておくね。ミルクとバターは冷蔵庫で保存して」

「――分かった。ありがとう」

2人とも、うっすらと涙ぐんでいる。喜んでもらえてなによりだ。

ほかにもレスミアで作ったフライパンや鍋などの調理器具、それから頼まれていた動きやすい安くてラクな服を渡して帰ることにした。

レオいわく、キヌイの服は作業着としては上質すぎて緊張するらしい。

「スイ、ただいま！」

「おかえりなさいませ、リース様。この間買ってきた種、立派に育ってますよ！」

家へ戻ると、畑にいたスイが嬉しそうに作物の状況を伝えてくれた。

畑の作物は相変わらずすごい速度で育つため、植えた翌日には収穫できるものも多い。

どんなに遅くても、一週間もあればおいしそうな実をつけてくれる。

「――本当だ。それにしても、なにを植えても季節関係なく実るよね」

「すごいですよね。リース様の力のおかげで、ひもじい思いをせずにすみます」

僕の――というか、多分山の力がすごいんだと思うけどね。あとレアスライム。

スキル【神の祝福】の効果も多少はあるだろうけど。

「そういえば、小麦を植えるスペースがほしいと思ってるんだ。これはある程度の広さが必要だから、今日はこれから大きな畑を作ろうと思う」

「かしこまりました！」

考えた結果、畑は僕たちの家と集落の中間地点に作ることにした。

つまり僕の家の東側、集落の北側ということになる。

ここなら互いの生活を邪魔することなく畑を利用でき、しかも遠方まで足を運ぶ必要もない。

せっかくだし、麦のほかにミルの木とミイトの木も植えよう。

――そういえば、森の中に蜜が採れる木があったな。あれも数本植えたい。

金平糖があるから砂糖には困ってないけど、冷たいドリンクに使う際は液状のほうが溶けやすいしね！

たしか木の実自体は採ってきてたはずだし、植えてみよう。

僕はレアスライムを連れて畑を作る予定の場所まで行き、【アイテム錬成】で畑を生成した。

「ぷる！　ぷるー♪」「るー♪」「るるー♪」

新たな畑を見つけて嬉しいのか、レアスライムたちは早速できたばかりの畑へ入り、ぷにぷにうろうろし始めた。癒やされる……。

「植えるものをお持ちしました！」

「ありがとう。さすがに広いから、レオたちにも手伝ってもらおう。この間約束したしね」

僕はレオたちを呼びに行き、みんなで協力して種を植えることにした。

「おう。ようやく俺らも少しは役に立てる――って、魔物!?」

「きゃあ!?　みんな逃げて！」

レオとラルは、慌ててほかの人たちを逃がそうとレアスライムとの間に立ちはだかる。うっかりしてたあああああ！

「ああ、待って！　違うんだ。その子たちは僕の仲間で――」

「へ？」「は!?」

「え、ええと――」

僕がレアスライムについて説明すると、２人とも力が抜けたようにその場にへたり込んだ。

たしかに、魔法もなにも使えない人間にとっては、スライム３体でも強敵だよね。

先に説明しておけばよかった。申し訳ない。

前回うちに来たときは、この子たち畑に隠れてたからな……。

レアスライムが危害を加えない生き物だと理解すると、みんなあっという間に仲良くなってくれた。

子どもたちに撫でられ、レアスライムたちはぷにぷにしながら頭に「？」を浮かべている。

「みんなには、この袋に入っている小麦の種を植えてほしいんだ。場所は、端っこから今スイが立っているあの辺くらいまでかな」

そう言ってスイのほうを指さすと、スイが大きく手を振ってくれた。

「分かった。――おまえら、早速始めるぞ！」

レオはまとめて受け取った袋を各自に配布し、一人一人に指示を出していく。ありがたい。

「僕とスイはあっちで別な種を植えてるから、なにかあったら声かけてね」

「分かった。そっちもなにかあれば遠慮なく呼んでくれ」

種まきを始めてからは、思いのほか速いスピードで進んでいった。

――幼い子もいるのにすごいな。

正直子どもたちのことは、種をまく経験だけでもしてもらえたら嬉しいな、くらいの気持ちで労働力として見ていなかった。

でも僕と同じくらいの最年少の子でも、真剣な表情で黙々と作業を続けている。

「――今、慣れてるなって思ったろ」

「えっ？」

感心しながら子どもたちの様子を観察していると、レオがやってきた。

レオは笑っていたが、その顔はどこか複雑そうだ。

ああ、そうか。これはつまり――そういうことか。

「俺らは長らく奴隷だったから、肉体労働には慣れてんだ。あいつらと会ったのは闇奴隷を売買している組織のアジトだし、その前のことは知らねえが、多分みんな似たような生活を強いられてたんだと思う」

「……ごめん。畑のことはやっぱり僕とスイで――」

「なんで謝るんだよ。むしろ誇ってくれていいんだぞ。おまえのおかげで、あの地獄のような生活がプラスに活かされてんだからな。ほかのヤツらだってきっと同じ気持ちだ。同じ働くでも、以前のあれと今のこれでは環境も意味も全然違うだろ？」

レオはそう言って、僕の頭を荒々しく撫でた。

「……そう、だね。うん。僕もそう思うよ」

この山へ来てから、日々の何気ないことが輝いて見えるようになった。

彼らは僕とは比べものにならないくらい悲惨な目に遭ってきたわけで、今はまだそこまでの気持ちにはなれないと思うけど。

でもいつか、みんなもそう感じてくれたら嬉しいな。

――母さんも一緒に来られたらよかったな。

あの頃の僕に今みたいな力があって、あの場所から逃げ出して自由に暮らせていたら――。

時々、どうしてもそんな考えが頭をよぎる。

でもきっと、この力――スキルの力は、母さんが僕の未来を案じて、助けるために授けてくれたものだ。僕はそう思っている。だから――。

「おまえもあの女の子――スイを幸せにしてやらなきゃな」

「へっ――？」

「大切な子なんだろ？　さっきからずっと目で追ってるぞ」

「えっ？　うわあっ！　ち、ちがっ――！　いや、違わないけど！　でも僕とスイはべつにそういうんじゃ——」

「そういう？　俺はなにも言ってねえぞ？」

レオはしたり顔でニヤニヤと僕の顔を覗き込む。こいつ！

おかげで一気に汗かいたよ！

でも本当にそういうんじゃないから！！！

「リース様？　どうかされましたか？　なにか叫び声が聞こえましたけど」

「うわあ⁉　スイ⁉」

いつの間にか、スイが僕たちのすぐ近くまで来ていた。

「も、申し訳ありません急に！　なにかあったのかと思いまして……」

「い、いや、こっちこそごめん。大丈夫、なんでもないよ！」

2人であたふたする僕たちに、諸悪の根源であるレオは腹を抱えて笑っている。

気づけば、ラルや子どもたちを含む周囲の人々まで、ぽかんとしながら僕たちに注目していた。死にたい。

「——ぼ、僕は畑を囲む柵の用意をするから！　あとは任せる！」

「リース様⁉　わ、私もお手伝いいたしますっ！」

「だ、大丈夫。さすがに範囲が広いから、妖精たちに手伝ってもらうよ。スイは畑を見てて」

追いかけて来ようとするスイにこそっとそう伝え、僕は1人で自分の家へ逃げ——戻った。

僕が戻るころには、種まきはあらかた終わっていた。

みんな畑近くの草の上に寝転がり、疲れを癒やしている。

「お疲れさま。ラズベリージュースを持ってきたよ！」

僕は、家にあった木材で作ったカップに氷とラズベリージャムを入れ、冷たい水を注いでそれぞれに配布してまわった。

「――はい君も。お疲れさま」

「あ、ありがとうございます……」

「いえいえ、こっちこそ手伝ってくれてありがとう。早かったね」

一番小さな――恐らく僕と同い年くらいの女の子は、僕がそう言うと驚いたような顔をして、真っ赤になってうつむいてしまった。可愛い。

ジュースを配布し終わったところで、いよいよ最終仕上げとなる柵を作っていく。

『リースハルト、ここでいいの？』

「ああ、うん。畑を囲うように柵を作れるくらいで頼むよ」

『分かったの！』

リュアは畑に向かって力を放出しながら、いつものようになにか詠唱し始めた。

するとと畑の周りに、何本もの立派な木がみるみる間に誕生した。

「な、なんだ!?　急に木が――！」

「リースハルトくん、これはいったい!?」

「――あ。大丈夫！　ちょっと柵を作ろうと思っただけだから！」

周囲に聞こえないようにこっそりとスキルを発動させ、木を柵へと変えていく。

柵自体はリュアでも作れるが、それではスキル【神の祝福】による守り効果が発動しないため、ここからは僕の仕事だ。

「……あの家のときも思ったけど、おまえの力はどうなってんだ？　本当にただの魔法か？」

あっという間に完成した柵を見て、みんな言葉を失っている。

普通の人間には妖精の姿が見えないため、スイ以外には全てを僕が1人でやっているように見えてしまう。そのため、実際以上にすごい人として映ってしまうのだ。

「あはは。多分、この山の力だよ。――そうだ、家もできてきたみたいだし、集落の周りも柵で囲っちゃおう。そのほうがより安全だしね」

今のところ、最初に作ったログハウス以外は無防備な状態になっている。

今はまだ自分たちで建てた家への移住はしていないようだが、そろそろ独立した生活を始める人も出てくるだろう。

「集落を囲む……？　だいぶ広範囲だが大丈夫なのか？」

「また倒れたりしない？　無理はしないでね？」

「今日はもう寝るだけだし大丈夫だよ。それに、今ある範囲を囲うだけだから」

みんなが見守る中、リュアの力によって集落の周りが一定間隔で木に囲まれていく。本当、すごい力だよな。なにもないところから木を生み出すんだから。

妖精たちは僕の力を見てすごいって言ってくれるけど、妖精たちのほうがよっぽどすごいと思う。

『リースハルト、終わったの！』

「——ありがとう。助かるよ。スキル【アイテム錬成】！」

みんなから少し距離を取り、小声でそう唱える。

周囲の木々は真っ白な光を放ち、数分ほどですべてが柵へと変化した。

——ふう。さすがにちょっと疲れたな。これはダメなやつかもしれない。無理だった。

「り、リース様⁉」

「ごめ……あとは任せ……た……」

僕の身体がよろめいたのに気づき、スイが駆け寄って——来るのが見えたところで、僕の意識は途絶えた。ふう。

「ん、んん——」

気がつくと、僕は自室のベッドへ寝かされていた。

窓からは陽が差している。どうやら倒れてから一晩眠っていたらしい。

「……んん。――はっ！　リース様っ！」

「スイ!?　そんなところで……。もしかしてずっと見ててくれたの？」

「だって心配で……。ご無事ですか？　お身体はなんともありませんか？」

スイは僕が起きたのに気づき、慌てて前のめりに確認してくる。ち、近い……。

「大丈夫だよ。スキルを使いすぎただけ。もうなんともないよ」

「よ、よかったあ……」

スイは安心した様子でその場にへたり込む。まったくこの子は……。

「心配かけてごめんね。ありがとう。スイはあんまり寝てないんじゃない？　今からでも寝ておいで」

「い、いえそんな――！」

「いいから。過労は命の敵だって教えたでしょ！」

「わ、分かりました……。では休憩を取らせていただきます」

スイは一礼し、渋々部屋を出ていった。

――さて、昨日の畑がどうなったか気になるし、見に行ってみるか。

というか、畑が広くなってくるとレアスライムがもう少しほしいな。

どこかに潜んでいたりしないかな？

「……でもまずはなにか食べよう。おなかすいたし。……そういや、昨日スイはなにか食べたのかな。食べてないなら食べてから寝たほうがいいかも」

僕は部屋を出て、隣にあるスイの部屋へと向かった。

「スイ、スイは昨日――」

「リース様!?　ちょっとお待ちくださ――！」

「――あ」

ドアを開けると、スイは服を脱いで体を拭いているところだった。

昨日僕を寝かせたあと、様子を見ていてそのまま寝てしまったためだろう。

そういや僕は――うん、しっかり着替えさせられてるな。

もう慣れてるし、それに関しては考えないようにしてるからいいけど！

「あ……ええと……ご、ごめん！　その、見るつもりじゃなくて――！」

慌ててドアを閉めたが、見てしまった記憶は消せない。

スイ、前はかなり華奢で痩せ型だったけど、ここに来てから女の子らしくなったよな。

やっぱりちゃんと食べてるからかな？

華奢なのは今もそうなんだけど、でもなんというか――。

――ってなにを考えてるんだ僕は！　変なこと考えるなああああ！

「いえ、こちらこそお見苦しい姿をお見せして申し訳ありません！　少しお待ちください！」

「う、うん。――あの、スイは昨日なにか食べた？」

「はい。ラルさんが、なにか食べなさいって茹でたじゃがいもと焼いたお肉を持ってきてくださったので、それをいただきました」

ラルさんでかした！　ありがとう！！！

「そっか、じゃあ寝てからでいいか。食事は作って置いておくね！」

「お気遣いありがとうございます」


――さて、なにを作ろうか。

下に降りて、冷蔵庫と冷凍庫を物色する。

なんか、ブロンドール家にいた頃よりずっと快適な生活を送ってるな！

「町でコショウを買ってきたし、ミルクとバターもあるし、キャベツと鶏肉とじゃがいもでミルクスープでも作るか」

まずはレスミア製の鍋にバターを溶かし、切ったじゃがいもと鶏肉、キャベツを炒めて塩とコショウで味つけする。

バターの芳醇な香りがたまらないな！

全体に油が回ったら、水を少し入れて煮込み、ミルクを加えて味をなじませ温めたら完成だ。

「――うん、うまい！　鶏の出汁って強いよね！」

じゃがいもが程よく溶け、うっすらとろみがついているのもまたいい。

やっぱりコショウがあると全然違うな。味が引き締まる！　きっとスイも喜ぶぞ！


食べ終えて食器を片付けたあと、早速昨日作った畑へ向かってみることにした。

――その前に、うちの畑もチェックしておこう。

うちの畑には今、ラズベリー、ブルーベリー、キャベツ、トマト、じゃがいも、それから町で買ってきて植えた玉ねぎ、にんじん、アスパラ、レタス、きゅうり、生姜、にんにく、黒コショウ、唐辛子が育っている。

木のエリアにあるのは、木材用の木、キヌイの木、りんごの木、トゲの実の木、ミルの木、ミイトの木――くらいか。枝豆と金の卵は、相変わらず大樹にたくさん実っている。

「だいぶ充実してきたな」

そういえば、ミルクスープに生姜かにんにくも入れればよかった。また今度だな。


昨日作った畑へ行くと、小麦が収穫時期を迎えて一面黄金色に染まっていた。

麦の穂が風に煽《あお》られ、そよそよと揺れている。

「これは――。規模が大きいと、恐怖すら感じる光景だな……」

昨日までなにもなかった場所に、まるで何ヶ月も育てていたかのように揺らぐ麦の穂。

しかも決して張りぼてなどではなく、手で触るほど、間近で見るほど、力強くしっかり育っていることが伝わってくる。

その圧倒的な山のエネルギーに気圧されそうになってしまった。

「しかもこれ、1本あたりに実る量がやけに多くないか？　小麦ってこんなだっけ？」

小麦に関してはふわっとしたイメージしかなく、1本からどれくらいの量が採れるものなのか、これが普通なのか否かがよく分からなかった。

「ま、まあでも、これでパンが作れるってことだよね！　うん！」

小麦粉があれば、パン以外にもいろんな料理が作れるようになる。

ちなみに僕は、小麦粉を水で溶いたものを焼くだけの簡単ブリトーも大好きだった。

お金がない給料日前やごはんを炊き忘れたときに食べていた、ある意味思い出の味でもある。

ブリトーなら、バターを塗って塩を振るだけでもうまい。目玉焼きと重ねるのもありだな。

「そういえば、ほかの作物は収穫した翌日にはまた実がなるけど、これはどうなんだろう？　刈り取るわけだしさすがに無理か？　——試しに様子を見てみるか」

小麦以外の作物も順調に育っており、果樹の類は木が育ち、隙間に植えた生姜やにんにく、アスパラなどはすでに収穫できる状態になっていた。

ここだと調味料の種類が少ないし、生姜やにんにくはとても重宝しそうだな。

まあ僕も、そんなややこしい調味料やスパイスを使うタイプの料理好きではなかったし、たくさんあっても使いこなせるかと言われると答えはＮＯなんだけど。

でも、醤油やお酢、みりん、料理酒、味噌、コンソメや出汁の素は割とフルに活用していたため、ないのはかなり辛い。特に出汁の類と醤油！

まあ、いずれ調味料にもチャレンジしてみよう。時間はたくさんあるんだし。

「――これはいったい」

「ん？　――あ、レオ！　おはよう！」

「お、おう、おはよう。そういや身体はもう大丈夫なのか？　スイがすげえ心配してたぞ」

「ああ、うん。スキ――魔力を使いすぎただけだからもう平気。心配かけてごめんなさい」

「そうか、あんま無理すんなよ。――で、この畑は、これはどういうことだ？」

レオは僕の状態を確認し、再び畑になびいている麦の穂へと目をやる。

昨日植えた麦の種がもう収穫時期を迎えてたら、そりゃあびっくりするよね……。

「なんかここ、育つのが早いみたいなんだよね。あはは。――そ、そういえば、集落に作った畑の様子はどう？　普通？」

「……やっぱりおまえの力か。昨日までは普通だったのに、今日の朝見たら収穫できる状態になってたんだ。しかもあんなバカみたいにデカい作物見たことねえ。それでどういうことかとここに来てみた。――あの柵だな？」

――ぐ。しまった、余計なこと聞くんじゃなかった。

でも、バカみたいにデカい作物？

あの柵にもレアスライムにも、そんな効果はなかったはずだけど……。

「えーっと……なんのことかよく分からないな～？」

「おい、しらばっくれるな。原因が分からないと安心して食えねえだろうが。子どもたちだって楽しみにしてるんだぞ？」

「……う。ごめんなさい僕です」

レオは元の僕より年下のはずなのに、今の身体じゃ身長差がありすぎて圧が怖い。

「――はあ。べつに悪いことをしてるわけじゃねえんだから、素直に言えばいいだろ。なんで隠すんだよ」

「だって……僕だってまだこの力のことあんまりよく分かってないし……。それに万が一この力が公になれば、平穏な生活が送れなくなるかもしれないし……」

「心配しなくても、誰にも言わねえよ。きつく言って悪かった。――にしてもそうか、おまえの力、本当すげえな」

レオはそう言ってしゃがみ、僕の頭を撫でた。心なしか前回より優しい気がする。

――そっか、最近忘れがちだけど、僕って5歳の子どもなんだよな。うんうん。

「でも、バカみたいにデカい作物っていうのは本当に分からないな。そんなに大きいの？　またまちょっと大きく育ったとかじゃなく？」

「いやいや、そんなレベルじゃねえし。つーか、え？　じゃあそれはおまえの仕業じゃないってことか？」

「僕の家の作物は普通の大きさなんだよね……。ちょっと見に行ってもいい？」

「ああ、ぜひとも頼む」


集落の畑へ向かうと、そこには信じがたい光景が広がっていた。

「これって、いちごだよね？　こっちは――トマト？」

「ああ。そのはずだ」

畑の作物は、本当に「バカみたいにデカい作物」へと育っていた。

いちごは1粒が約10センチ、トマトにいたっては1玉の直径が20センチくらいある。

ほかの作物も同様に、普通では考えられないくらいに大きい。どう考えても異常事態だ。

「えぇー、これは初めてのパターンだな。ちょっとスイを連れて来ないと安全が確認できないから、食べるのは待ってもらえる？」

「分かった。ほかのヤツらにも食うなって伝えてあるから安心してくれ。子どもらも俺を怒らすと怖いって分かってるからな。勝手に食べたりはしないはずだ」

「こ、怖いんだ……？　でも助かるよ」

たしかに、レオにはもう怒られたくないかもしれない……。

僕がただの子どもだったら、この目で睨まれたらきっと泣いちゃうな。

「そういえば昨日もらった肉、早速堪能させてもらったぞ。うまかった。料理に不慣れで少し焦がしちまったけどな」

「そっか、よかった。スイにも届けてくれたんだよね。ありがとう」

「ああ、ラルが心配して届けに行ってたな。──そういや今日は、スイはいないんだな？」

レオはそう言って、きょろきょろと周囲を見回す。

たしかに、探索以外で僕とスイが別行動をすることってほとんどないな。

スイもたまには自由にしてくれていいのに。今度ちゃんと休みをあげよう。

「スイ、僕のことずっと見ててくれたみたいで、ほとんど寝てなくて。だから今は寝かせてる」

「──そっか。いい主様だ」

「僕はスイのこと家族だと思ってるんだけどね。スイがメイドだ眷属だって聞かないから……」

「あはは。おまえにそれだけの恩があるってことだろ。男なら受け入れてやれ」

レオは笑って背中をバシバシ叩いてくる。痛い。

「──そうだ、おまえ今後も町へ行くのか？」

「え？　──そうだね。また売るものが溜まってきたら行こうかと思ってるよ」

前回大金を手に入れたし、特にお金を必要としてるわけじゃないけど。

でもこれからなにがあるか分からないし、稼げるときに稼いでおきたいという気持ちもある。

僕にはもう、なんの後ろ盾もないんだし。

それに町で暮らしたいとは思わないけど、人間世界のこともそれなりに把握しておきたい。

ここで自給自足し続けて、気づいたら浦島太郎状態でした、なんて状態はさすがに嫌だ。

「――そうか、それならちょっと頼みがあるんだが」

「頼み？　僕にできることならなんでも言ってよ」

「この先、ずっとおまえの世話になりながら生きるわけにはいかない。だから俺らも、自立できるようになにか金になる仕事がしたいんだ」

――そうか、そうだよね。

レオたちだって、本当はちゃんと文化的で人間らしい生活がしたいに決まっている。

人生の休息期間ひゃっほい！　なんて気楽に考えているのは、案外僕だけなのかもしれない。

……スイはそれなりに楽しんでくれてる気がするけど。

「――それなら、レオたちが作った作物を僕が町で売ってくるのはどう？　この山で採れた作物は質がいいみたいだから、それなりの値段で売れるんだ。レオたちの畑の作物は大きくてインパクトもすごいから、もっと高値がつくと思う。加工して売るのもいいよね」

「たしかにインパクトはすごいな。加工って、調理したものを売るってことか？」

「うん。例えばフルーツをジャムにしたり、野菜を天日干しで乾燥させたり、小麦を挽いて小麦粉にしたり？　ここだと放っておくだけで手に入るけど、バターも加工品に入るよね」

「――なるほど、小麦を挽いて野菜を干すくらいなら俺にもできそうだ。やってみるよ」

柵で囲ったことで作物の育ちが早くなったみたいだし、なによりあのサイズの作物が実るとなると、乾物作りはかなり有効なんじゃないかな。

僕としても、レオたちにはぜひとも頑張ってほしい。


「――作物、問題ないみたいです」

スイが目を覚ましたあと、改めて集落へ行って巨大化した作物を【鑑定眼】で見てもらった。

「味も問題なくおいしい。みずみずしいし、しっかり濃くて甘いよ」

僕はトマトをカットして自分が試食したのち、レオとラルを含む、作物を気にして集まってきていた面々に分配した。

「――うん、うまい。これ、本当に俺たちが作ったのか？　すげえな」

自分たちで育てたトマトを食べて目を輝かせ、キャッキャとはしゃぐ集落の人たちを見て、嬉しすぎて胸がキュッとなるのを感じた。あのとき助けて本当によかったな。

「本当に大きいですね。うちの畑では起きない現象です」

「すごいよね。レオたちの作業能力が高いのが関係してるのかな？」

「どうだろうな。つーか、まさかスイまで魔法が使えたとは。瞬時に毒の有無を見分けるなんて、どうやってんのか想像もつかねえよ。本当に平民か？」

「ええと……。平民というか、貧民街出身の元奴隷です」

「ま、まあ、平民でもごく稀に魔法が使える人もいるみたいだからね」

「……まあ事情もあるだろうし、これ以上の詮索はしねえけどよ」

レオはそう言って、じとっとした目をこちらへ向ける。

——危ない危ない。

それにしても、僕とスイにはないレオたち特有の能力——か。

もし本当にそうなら、奴隷として虐げられてきた日々も少しは報われるだろうか？

そうだといいな。

畑で作物を分け合ってプチ試食会を開催しながら、僕はそんなことを考えていた。


共用の畑を作って、３ヶ月ほどが経った。

最近は畑を持ち回りで管理することになり、収穫物の配分も決めている。

レオとラルが、線引きはしっかりしておいたほうがいいと提案してきたためだ。

人間は欲が出る生き物だし、長く良好な関係を保つにはそのほうがいいのかもしれない。

「リースハルト、いるか？　いなけりゃスイでもいいが」

自室で本を読んでいると、下からレオの声がした。

「レオ？　いるよ！　今日はどうしたの——ってそれなに!?　なにを持ってきたの!?」

レオが引いてきたと思われる荷車には、大量の箱と、例のデカい作物が積まれていた。

「野菜の乾物と小麦粉だよ。けっこう溜まってきたから、そろそろ持っていこうと思ってな」

「すごい、こんなに⁉」

「ああ、作物は載せきれなかったから、またあとで持ってくるよ」

「あとで僕が取りに行くよ。アイテムバッグがあったほうがいいでしょ」

「そうか？　助かるよ。ありがとな」

木箱の中を確認してみると、乾物や小麦粉の仕上がりも上々だった。これなら売れる！

「みんなで試行錯誤したんだ。いくつか、ラルが作ったジャムも入ってるぞ。スイに聞きながら頑張って練習したらしい」

最近スイとラルは意気投合していて、用事があって互いの家で出会うと楽しそうに話をしている。いいことだ。

ちなみにスライムたちは、うちの畑と共用の畑、集落の畑を好き勝手行き来している。

集落の面々とも仲良くなり、今ではすっかり子どもたちの遊び相手になっているらしい。

妖精たちも自炊に目覚めたらしく、最近は自分たちで料理をすることも増えてきた。

作物は、うちのを自由に使っていいことにしている。

どうせ2人じゃ食べきれないし、小さいから大した量は消費しないしね。

「僕もそろそろ町へ行こうと思ってたから、ちょうどよかったよ。――そうだ！　このジャムで試したいことがあるんだけど、いいかな？」

「うん？　俺は別に構わねえが、どうするんだ？」

「これにこの上級ポーション用の薬草を――」

ラルが作ったジャムと薬草を、【アイテム錬成】で調合する。

「薬草が消えた――!?　いったいどうなったんだ？　これも魔法か？」

「う、うん。試しに少し舐めてみて」

商談中の試食用にと持っていた簡易スプーンを2本出してジャムをすくい、自分で試食したのち片方をレオへ渡す。成功してるみたいだな。

「――ラルのジャムだな。でもなんか爽やかさが――っておい、身体が光ってるぞ!?」

「あはは、レオの身体も光ってるよ！」

それぞれジャムを口にした直後、僕とレオの身体がほのかな光に包まれた。

「――身体が軽い？　もしかして、ジャムに薬草の効果を加えたのか？」

「うん。ポーションってクセがあるし、大人は大丈夫でも子どもは吐いちゃうことも多くて。でもジャムといい感じに合体させれば、服用のハードルも下がるでしょ」

ポーションは、最低レベルのものでもそれなりに値が張る。

貴族はともかく、一般的な平民はそう何本も気軽に消費できない程度には高級品だ。

それを無駄にしないためにも、こうした工夫は絶対喜ばれるはず！

「これなら濃度が高いから、1口2口でも大きな効果があるしね」

「すげえな。金が手に入ったら、ぜひとも俺らにも買わせてくれ」

「ジャムを作ったのはラルなんだし、1つ置いていこうか？」

「いや、今は必要に迫られてるわけじゃないし、ちゃんと金を稼いで手に入れたいんだ」

レオのこういう「ちゃんとしたい」って考えるところ、本当に尊敬するな。

「――分かった。ジャムの売上は折半でいいよね？　僕のこれは手間がかかるものじゃないし、横取りみたいになるのは嫌だから」

「いや折半ではな――いやでも、ラルも頑張って練習してたし、ジャムに関してはそういうことで頼む」

「うん。レオたちは危険かもしれないから、今回も僕とスイで行ってくるね」

「ああ。任せて悪いな。あいつらに俺らが生きてるって知られたらと思うと……」

レオはそうため息をつきながらも、少し怯えている様子だった。

あまり詳細を語ろうとはしないけど、いろいろと酷い目に遭わされてきたのだろう。

「アイテムバッグがあるから量は関係ないし、任せて！」

「ありがとな。俺もいつかは――」

妖精たちによると、レオはみんなが寝静まったあと、1人でよく身体を鍛えているらしい。

ここへ来てからしっかり食べていることもあり、男らしい筋肉がついて体格がよりがっしりしたように思う。

「うん。——そういえば、レオももっと武器とか防具とかいる？」

「それも、金が貯まったら改めてお願いするよ」

「——分かった。じゃあ、明日あたりまとめて売りに行ってくるね！」


翌日、僕とスイは溜まった商品を売りに再び町へ出ることにした。

『リースハルト、気をつけて行ってくるの！』

『なにかお土産を買ってきてくれてもいいんですのよ』

「——お土産か。たしかに、まだまだここでは手に入らない食品も多いもんね。分かった！」

僕も久々にチョコレートが食べたいし、もっと食品を充実させよう。

『ボクは本がほしいな！　スイに人間の文字を習ったし、もっといろんな本が読みたい』

「リアードさん、頑張ってましたもんね！」

どうやら、いつの間にかスイがリアードに文字を教えていたらしい。知らなかった！

スイも覚えたばかりなのにすごいな。もしかして、一緒に勉強してたのかな？

「分かった。本も買ってくるよ」

転移の羽に魔石を補充して、魔力を込める。

最初のときはすごく緊張したけど、２回目になると少しは心に余裕が出てくるな。

一度成功し、地図を手に入れたことで、現在地と飛ぶべき位置が把握できたのも大きい。

今度はちゃんと地面に着地できますように！

転移の羽に意識を集中させて魔力を流し込むと、それに反応するように、虹色の光が僕とスイを包み込んだ。

第十章　シタデル山の領主に任命された!?

２度目の転移も無事成功し、僕とスイはシルティア辺境伯領の町へとたどり着いた。

幸い細い路地へ転移できたため、猫が１匹驚いて逃げただけだった。猫ごめん。

「まずは持ってきた品をビゲスト商会に買い取ってほしいんだけど――」

前回はたまたま出会っただけだし、どこへ行けば出会えるのかまったく分からない。

「冒険者ギルドへ行けば、商会の位置が分かったりしないでしょうか」

「――そうだね。まずはギルドへ行ってみようか」

冒険者ギルドでビゲスト商会について尋ねると、すぐに所在地を教えてくれた。

どうやらあのあと、僕たちが訪ねてきたら伝えてほしいと言われていたらしい。

ビゲスト商会の建物は想像をはるかに上回る大きさで、イリヤが言っていた「領内随一の商会」という言葉が現実味を帯びてくる。

本当に僕たちみたいな子どもが入っていいのか、不安になってしまうレベルだ。

「でも入るしかないよな。行こう、スイ」

「は、はいっ！」

大きくて重厚感のある木のドアを開けて中へ入ると、立派なフロアに受付があった。

受付には、女性が2人座っている。

「いらっしゃいませ。ええと――本日はどういったご用件でしょうか？」

受付の女性は、僕たちを見て驚きつつも笑顔で対応してくれた。若干顔が引きつってるけど。

そりゃあ、突然見知らぬ子どもが会社に乗り込んできたらびっくりするし困るよね。

「すみません、エフィックさんかイリヤさんはいらっしゃいますでしょうか？」

「……失礼ですが、ご用件をお伺いしてもよろしいですか？」

「ええと……商談をしたくて。お2人には、以前もお世話になってるんです」

受付の女性は、不思議そうに若干訝しみながらも、「確認いたします。そちらのソファにおかけになって少々お待ちください」と座って待機するよう促し、通信機のような魔道具で誰かと話し始めた。それから約5分。

「リース君とスイちゃん！　待ってたわ！　ようこそビゲスト商会へ！」

バタバタと大急ぎで現れたイリヤに案内され、僕たちは会長室へ直行することになった。

イリヤが勢いよくドアを開けると、驚いた顔のエフィックがいた。

「父様、リース君とスイちゃんが来てくれたわ！」

「リースハルト君！　また会えて嬉しいよ。――でもイリヤ、毎度言っているが、ドアを開ける際にはノックをしなさい。大事な話の途中だったら――」

「だって一刻も早く伝えなきゃと思って！」

まさかそんなに待っていてくれたとは。３ヶ月以上もあいてしまって申し訳ない。

「ご無沙汰しています。先日はお取引くださりありがとうございました」

「いやいや、こちらこそ。どの商品もすぐに売り切れてしまってね。次回の予約をしておけばよかったと後悔していたところだよ」

「あのアイテムバッグ、あの絶妙なダサさが逆にスタイリッシュでいいって評判なのよ。問い合わせも殺到してるわ」

リュック、ついにはっきりダサいと言われてしまった。まあいいけど。

迷ったけど、念のために作ってきてよかった。

「持ってきた商品をお出ししても？」

「もちろんだよ。ああ、でもここのテーブルじゃ狭いかな？　場所を移そうか」

エフィックに案内され、僕たちは大きなテーブルのある会議室で商談をすることになった。

まずは、僕とスイの分から。

ラインナップは前回と似たような感じだが、今回はそれに加え、何本かレスミアの長剣と盾も作ってみた。

前回採掘したレスミアが尽きたころ、スイも連れて再度あの洞窟へ向かったのだが。

なんと、前回持ち帰った分のレスミアが復活していたのだ。

本来はあの洞窟でも長い年月をかけて生成されるものらしく、同行してくれた妖精たちも驚いていた。

リアード曰く、僕の【神の祝福】で山の力が底上げされている中、僕本人がそこへ赴いたことでレスミアの生成速度が上昇したのではないか、とのこと。

よく分からないが、これなら資源が尽きる心配をせず活用できそうだ。

「こんなに大量のレスミア製アイテム、大手工房からの持ち込みでも見たことないよ。しかも相変わらず、恐ろしいほどに精度が高い」

「さらに魔物素材も練り込まれてるっていう、ね。今回もきっと、シルティア辺境伯様が高値で買い取ってくれるわ」

イリヤは、早速お金の計算を始めた。――というかちょっと待って。

「い、今、シルティア辺境伯様が買い取ってくれるって言いました？　僕、鍛冶職人でもなんでもないただの素人なんですけど……」

「うちのお得意様なのよ。この間ギルドにリース君の荷物を取りに向かったら、たまたまそこへいらっしゃってね。約束を取りつけて屋敷へ売り込みに行ったら、持ってった分全部買ってくれたわ」

まさかあれがシルティア卿の手に渡っていたとは。

シルティア卿は、アトラティア王国の王族の血筋を持つお方だぞ⁉

僕みたいな素人が作った武器で万が一のことがあったらどうするんだあああ！

「いや、えっと、さすがに恐れ多いというかなんというか……」

「あっはっは。リースハルト君は謙虚だなあ」

謙虚とかそういうことじゃなくてね⁉

「心配しなくても、私もイリヤも見る目はしっかり持っているよ。君が売ってくれた品は、シルティア辺境伯様にお渡しして問題ない超一級品だと思ったから売ったんだ」

「そうよ。侮ってもらっちゃ困るわ。ちなみに、リュックはご夫人に売れたわよ」

「えええええ……」

あのアイテムバッグは、どう考えても上位貴族の奥様が使うデザインではない。

そんなのセンスがない僕にだって分かるのに、なんで買っちゃったんだルミナ様！

もっと遠征へ向かう騎士とか、まだ幼い令嬢や令息とか、そういう人が使う想定だったよ！

ルミナ様とはお会いしたことないけど、シルティア卿いわくだいぶおっとりマイペースな性格らしいからなあ。はあ。

「そうだリースハルト君、うちと専属契約しないかい？　もし承諾してくれるなら、買取価格を大幅に上げられるよ。うちにも大きなメリットがあるからね」

――なるほど、専属契約か。

僕は商売にこだわりがあるわけじゃないし、ちゃんと適正価格で買ってくれる大手商会との関係が確固たるものになるなら、断る理由はなにもない。

「分かりました。ぜひお願いします」

「ち、ちょっと待って！　まだなにも具体的な話をしてないわよ⁉」

「僕としても、適正価格で確実に買ってもらえるほうがラクなので。お2人のことは信用してますし」

そう返すと、2人は顔を見合わせてため息をついた。

「――まあ、そう言ってもらえるのはありがたいことだ。いろんな意味で、君と専属契約できてよかったよ」

「そ、そうね……。変な人に横取りされて値崩れを起こされちゃたまらないわ」

「もし契約を解除したくなったら、3ヶ月前には言ってほしい」

「分かりました。頭に入れておきます。それから、これは預かり物なんですけど――」

商談第一弾を終え、精算を済ませたあと、今度はレオたちが作った巨大作物と乾物、小麦粉、それから薬草効果を付与したジャムを取り出した。

「なっ――なんだこれは？　本物か？」

「これ、怪しい薬とか使ってないでしょうね？」

巨大作物を見た2人は、そのサイズに驚き、訝しげにじっとりとした目を向ける。

「まさか！　ちゃんといたって普通に育てた作物ですよ。ただ大きいだけで。味も申し分ないので食べてみてください」

僕は短剣でいちごとりんごをカットして、２人に渡した。

ちなみにりんごは、贈答品用に売られている立派なメロンくらいのサイズがある。

程よく蜜が入ったりんごは、シャキシャキとみずみずしく、甘さと酸味のバランスもとてもいい。２人はしばらく、無言のままひたすらシャクシャクとりんごを頬張っていた。

「――たしかに、味も食感もとてもいい。これは間違いなく高値で売れるだろうな」

「貴族がこぞって買い求めるでしょうね。ふふっ♪」

よし！　やった！

２人ならそう言ってくれると信じてたよ！

「このジャムも、実がごろっと入っていてとてもおいしそうだね」

「本当、鮮やかな色がとっても綺麗だわ！　こっちのクリーム色のジャムは、もしかしてバロンが入ってるの？」

「その通り！　実はこのジャム、薬草の効果を付与している、ポーションの役割を果たしてくれるジャムなんです」

「ジャムに薬草の効果だって!?」

ポーションジャムを作るにいたった経緯を説明すると、エフィックは「素晴らしいアイデアだ」とうんうん頷きながら共感してくれた。

イリヤも昔、なかなかポーションを飲めない子だったらしい。

「味見用もありますので、よかったらどうぞ。今回はラズベリージャムとトゲの――バロンジャムに付与してみました」

前回名前が不評だった「トゲの実」は、バナナとメロンを掛け合わせたような味であることから、２人の案で「バロン」と命名されたのだ。

「――うん、おいしい！　程よい甘さの中に爽やかさが加わって、むしろ私はこちらのほうが好みかもしれないな」

「本当、スッキリしていておいしいわ――って父様！　私たちの身体が光って――！」

僕とレオが試食したとき同様、２人の体力をすっかり回復させたらしい。

エフィックもイリヤも、「身体が軽くなった！」と大喜びしてくれた。２人ともすごく忙しそうだもんね。

「ポーションはそれ自体が高級品だから、ジャムにしようなんて発想はなかったよ。しかも一口でもしっかり効果が出る。これはリースハルト君独自の製法なのかな？　いったいどうやって――」

「ええと、ごめんなさい、それは秘密です……」

秘密というか、僕もスキルで錬成しただけなので分かりません！

「まあ、そりゃそうか。――分かった。このジャム含めて、食材もすべて買い取らせてくれ」

ビゲスト商会の２人は、レオから預かった食品もすべて高値で買い取ってくれた。

商談のあとは、買い物がてらスイとともに町を散策することにした。

「これからどうしようか？　まずはお昼ごはんを食べて、リアードに頼まれた本を買いに行って、市場で食材とお土産のお菓子を買って――。いやでも屋台も捨てがたいな」

「屋台、いいですね。実はちょっと憧れてたんです」

「そうなんだ？　実は僕もなんだ。じゃあ今日のお昼ごはんは、屋台で食べ歩きにしよう」

僕とスイは、時折店に入ったり買い食いをしたりと楽しい時間を満喫していたのだが。

「あの、すみませんっ！」

突然、馬車から降りてきた誰かに呼び止められた。

「？　はい？」

「突然お声がけして大変申し訳ありません。もしかして、リースハルト様とスイ様でいらっしゃいますか？」

えっ――。だ、誰だこの人!?

声をかけてきたのは、見覚えのない初老の男だった。

服装から察するに、どこかの屋敷に仕えている執事だろうか？

「えっと……。失礼ですがどちら様でしょうか？」

「申し遅れました。わたくし、シルティア辺境伯様にお仕えしております、執事のヴァンと申します」

シルティア辺境伯家の執事さん⁉

ヴァンと名乗った男は、シルティア家の紋章とサインが入った証明書を見せてくれた。

も、もしかして、ビゲスト商会が売った商品になにか問題があったんじゃ――。

「あ、あの、僕がなにか……？」

王族の血を引く辺境伯相手に万が一やらかせば、貴族でなくなった僕なんかあっという間に処刑されてしまうだろう。

「ああ、いえ。怖がらせてしまい申し訳ありません。その、リースハルト様はブロンドール伯爵家のご子息様でいらっしゃいますよね？」

「えっ――⁉　い、いえその、それは……」

「以前、旦那様がこの町であなた様をお見かけしたそうで、ぜひとも話がしたいと」

どうしよう？

シルティア卿からのお誘いなんて断れるわけがない。

でも1人で、しかも平民という身分で辺境伯に会うなんて、やっぱり怖い。

正確にはスイもいるけど。でも！

横で、スイも不安そうに僕とヴァンさんの様子を窺っている。

――うう。まさか急にこんなことになるなんて。でも覚悟を決めなきゃ。

「わ、分かりました」

「ありがとうございます。それでは馬車へ」

こうして僕とスイは、突然シルティア辺境伯の屋敷へと赴くことになった。

どうか無事に帰れますように！！


屋敷へ着くと、僕たちは談話室のような部屋へ通された。

大きな窓から差し込む光と眼前に広がる庭園は大変美しいが、正直今はそれどころじゃない。

「リースハルト君！　やっぱりリースハルト君なんだね？」

しばらくすると、シルティア辺境伯家の当主である　シャイネス・シルティアが姿を現した。

「は、はい。ご無沙汰しております。シルティア卿におかれましても、ご機嫌麗しくお過ごしのことと存じます」

僕が挨拶をしたのち、スイも深々と頭を下げる。

「まあ座りなさい。今日はいろいろと確認したいことがあってね」

「失礼いたします。――あの、確認したいこと、と申しますと？」

「お父上は元気かい？　最近あまりブロンドール領へ行けてなくてね、どんな様子かなと」

「え――っと、その……それは……」

どうしよう？　とりあえず元気だと返すべきだろうか？

それとも正直に――いやでも、久々に会っていきなり「勘当されてブロンドール領を追放されたので分かりません」なんて言えない。

僕が黙り込んでいると、シルティア卿は「やっぱりか」とため息をついた。

やっぱりってどういうことだ？

「意地悪な質問をして悪かった。単刀直入に言おう。実はね、君は病気で死んだことになっている。一年ほど前、身内のみで葬儀も済ませたと私にも知らせが届いたよ」

「……そう、ですか」

「驚かないんだね？」

「なんとなく、予想はしていましたので」

ブロンドール家に関わることはもうないだろうし、関わりたくもないし、それに対しては今さらなんの感情も湧いてこない。

「――そうか。私はてっきり本当に亡くなったものと思っていたよ。だから数ヶ月前、ビゲスト商会のエフィックからリースハルト君の名前を聞いたときは驚いた。でも、それで確信した。馬車から見えたあの少年は、やっぱり君だったんだってね」

どうやら僕たちは、前回町へ来た際シルティア卿に見られていたらしい。

シルティア卿とお会いしたのは一度だけだし、平民の中には稀に黒髪の子もいるのに。よく気づいたな。

「お姿に気づかず大変失礼いたしました」

「いやいや、馬車で通り過ぎただけだからね。気づかないのも無理はないよ。——よし、まどろっこしい話はナシにしよう。いったいなにがあったのか、よければ話してくれないか？」

「……承知いたしました。実は——」

ここで黙り込んでいても、逆に相手を困らせてしまう。

シルティア卿は、上位貴族でありながら、黒髪の僕にも笑顔を向けてくれた数少ない相手の1人だ。彼を困らせるのは本意じゃない。

僕は観念し、ブロンドール家でこれまでに起こったことを洗いざらい話した。

「——なんと。妾の子とはいえ、実の息子相手にひどいことをする。貴族に金髪が多いのは、単にその血が受け継がれるためだと、もうだいぶ前に解明されているというのに」

シルティア卿は目頭に手をやり、ため息をついた。

というか、貴族の大半が金髪なのってそういうことだったんだ!?

すごく普通の理由だね!?

ファンタジーな世界だから、神に選ばれし〜ってのもあり得るんだと思ってたよ。

「——まったく。未だにくだらない選民思想で差別を続けるとは、本当に嘆かわしいことだ。それで、君たちは今どうやって暮らしているんだ？　あの場所にいたということは、うちの領に知り合いがいたのかな？」

「いえ、普段は北方の辺境にある山に住んでおります。飛ばされた先がそこだったもので」

「……は？　北方の山だと!?　あそこは人が住めるような場所じゃないし、そもそもあんな場所へ飛ばされたのなら、どうやってここまで……」

まあ、言いたいことは分かる。

僕は、山の所有者になったことは伏せつつ、山での暮らしについて話をした。

国が所有している土地だし、勝手に所有者になるなんて物理的に首が飛びかねない案件だ。

だが、山を追い出されてもそれはそれで困るため、「なぜか僕の力と連携してしまって」と濁しながらもある程度は白状することにした。しかし！

「山と連携だって……？　それはもしかして、所有者に認められたということか？」

まさかの「所有者」システムの存在を知っているだと！？！？

え、あれってそんなメジャーなことなの？　僕が知らなかっただけ？

――いやまあ、まだ5歳だし、普通にあり得るな。

「実は……はい。そういうことです。で、ですがあれは僕が望んだわけではなく、突然山が揺れて勝手に――！　本当なんです！」

「落ち着きなさい。分かっている。私も王族の伝説として本で読んだだけで、まさか実際に起こるものとは思いもしなかったけれどね。――そうか、リースハルト君が山の所有者にねぇ」

シルティア卿によるとこの場所は、遠い昔に所有者として選ばれた1人の人間が国を興し、そこから始まったと言われているらしい。

正直、ちょっと壮大すぎて頭が追いつかない。

「ただ、山を私物化して勝手をしていいかと問われると、残念ながらそれが許されるほどこの国は甘くないんだ」

「は、はい。重々承知しております……」

「そこでだ。リースハルト君、私を君が暮らしている山へ招待してくれないかな？」

「――えっ⁉」

シルティア卿は、なにかを企んでいるような不敵な笑みを浮かべてそう言った。

いやいやいやいやいや。いったいなに考えてるんだ？

あんな山奥へ辺境伯家の当主ともあろうお方をご招待なんて、そんなこと――。

2人ならまあまあ快適に住める、くらいのログハウスと畑しかないのに⁉

それに山へ招待すれば、レオたちの存在も明かさなければならなくなる。

辺境伯なんて、平民からしたら雲の上の存在だ。

せっかく平穏な毎日を過ごせるようになってきたのに、怯えさせてしまうかもしれない。

「私は、これでもこの国においてそれなりの力を持っているんだ。君が案内してくれれば、なにか協力できることがあるかもしれないよ？」

「……分かりました。ご案内いたします」

こんなのずるい。断れるわけがない。みんなごめん……。

「ありがとう。ちなみに、ここへ来る際に使った魔道具に人数制限はあるのかな？」

「転移の羽は、魔石の量によって力量が左右されるんです」

「――つまり、魔石を用意できれば無限大ということかい？」

「い、いえ、僕もまだスイと2人で3回しか使ったことがないので、そこまでは分かりかねます。ですがシルティア卿をお連れするくらいでしたら問題ないかと」

こんなことになるなら、原料である虹色の羽をもっと持ってくるんだった……。

「――分かった。ヴァン、魔石を用意してくれ。出かけるぞ」

「承知いたしました」

ヴァンが魔石を用意してくれるのを待って、それから僕たち――僕、スイ、シルティア卿、ヴァンの4人でシタデル山へと向かうことになった。


4人での転移は初めてだったため、やや不安もあったが。

無事、山頂の草原にある僕たちの家近くへとたどり着くことができた。

「こ、ここは――。山の上にこんな美しい場所があったなんて……」

「ええ、驚きです」

シルティア卿とヴァンは、眼前に広がる絶景に呆然と立ち尽くす。

そしてふと、大樹のほうへと目をやった。

「素晴らしい大木だね。見たことがない木だ。それに湖も美しい」

大樹から滴る水と、湖の底から湧き出ている水。

その両方で成り立っている湖は、辺境伯であるシルティア卿から見ても幻想的で神秘的な光景だったようで、「まるで神々の世界へ迷い込んだようだ」と心を奪われている。

『リースハルト、おかえりなの！　その人たちは誰なの？』

『また新しい人間が増えましたわね』

『悪い気は感じないし、きっとリースハルトの仲間だね』

妖精たちは、シルティア卿とヴァンの周囲を飛び回り、興味深げに２人を観察している。

シルティア卿、すごい偉い人だから！　そんなガン見したら失礼だから！

――まあ、２人には妖精たちの姿は見えないみたいだけど。見えてなくて本当によかった。

「この辺りの山は、独自の生態系を築いている強い魔物が多い危険地帯でね。過去に多くの兵が犠牲になって、それでもたどり着けず、結局手つかずのまま放置されていた場所――だったはずなんだが」

「飛ばされたのが、たまたま山の中腹だったんです。麓のほうには多くの魔物がいるんですが、上のほうは比較的少なくて」

「そ、そうか。それで、リースハルト君は今、この小屋に住んでいるということかい？」

シルティア卿は目の前のログハウスと畑を見て、「小さいが、たしかに造りはしっかりしている」とか「作物も驚くほど立派だ」とか言いながら感心している。

「旦那様、向こうになにか集落のようなものが――」

「――集落？　リースハルト君、あれはなんだ？　まさか先住民がいたのか？」

2人はレオたちが住んでいる集落に気づいて、信じられないという様子でこちらを見る。

「い、いえ。実はその――」

どうすべきか迷ったが、あとから問題が起こると厄介なので素直に打ち明けることにした。

違法な扱いを受けていた闇奴隷なら、当然逃げる権利はあるしね。

「なっ――闇奴隷だと!?　それで、その組織の詳細は分かったのかい？」

「いえ。僕はただ、山を探索している途中で、魔物に襲われていたのを助けただけなので……」

「……そうか。よく頑張った。君はブロンドール家を勘当されてしまったかもしれないが、心は立派な貴族だよ。なんならうちの養子に迎えたいくらいだ。どうだい？　よかったらうちの子にならないか？」

シルティア卿は僕に視線合わせ、穏やかな表情を浮かべて両肩に手を置いた。

気持ちは嬉しい。

貴族でありながら黒髪を差別しない良識を持ち、領民とも良好な関係を築いているシルティア卿の下でなら、僕もスイも平穏な生活が送れるかもしれない。でも――。

なんだかんだで、僕はここでの生活を気に入っている。

スイはもちろん、妖精たちやオコジョル、レアスライム、シロエナガ、それからレオたち。

みんな、僕にとっては大事な仲間だ。

今からここを離れて貴族の社会へ戻るより、僕はここでみんなと自由に楽しく暮らしたい。

「……身に余るお話ありがとうございます。ですが、僕はこの山が好きなんです。できればもう少しここで暮らしたいと思っています」

「――分かった。それならいっそ、この土地の領主になるのはどうだろう？」

「……えっ⁉」

シルティア卿は、むしろこっちが本題だとでも言うように、にやりと笑ってそう言った。

僕がここの領主に⁉

「で、ですが僕は、もう貴族では――」

この国では、貴族以外が土地を持ち管理することは基本許されていない。

「うん。それはリースハルト君が爵位持ちになればなにも問題ないよ」

「えええええ……」

「君はこの山の力を得て、同時に山に力を与えているのだろう？　そんなことができる人間はそういない。少なくとも、私は見たことがない。調査に入ることもできず放置していた山に、実力のある管理者が住んでくれるんだ。陛下も喜んで承諾してくださるだろう。君伝いに山の恩恵も受けられるしね」

ま、まさかこんな急展開を迎えることになるなんて。

でもたしかに、僕がこの地を治める領主になれば堂々とここで暮らすことができる。

周囲には山や森しかなく、そのはるか先は海で、他国と接しているわけでもない。

危険なものといえば、中腹から麓に住みついている魔物だけだ。

で、でも、本当に今の僕が爵位なんてもらえるのかな。僕、ただの平民なのに。

「……もしそれが叶うなら、やってみたいです」

「よし、決まりだ。事情は私から陛下へ説明するとしよう。君ならきっといい領主になるよ」

「あ、ありがとうございます……！」

「リース様、おめでとうございます！」

「いやいや、まだ早いよ。でもありがとう、スイ」

「――へ、辺境伯様だって⁉」

「えっと、レオたちを違法に売ろうとしていた組織について、分かることを可能な限り教えてほしいんだって」

「辛いことを思い出させてすまないが、協力してくれないだろうか？」

突然やってきたシルティア卿に驚き、レオはしばらく言葉を失っていたが。

しばらくしてゆっくりと頷き、それから分かる範囲で話し始めた。

なんとレオたちは、ブロンドール領からやってきた闇奴隷だった。そして。

「あ、あの――。それ、うちにいた従僕の1人かもしれません……」

なんとレオから、ブロンドール家に仕えていた従僕の名前が飛び出したのだ。

「――なるほど。実は少し前から怪しい噂を聞いてはいたんだ。ただ、なかなか確たる証拠がなくてね。これはいよいよ――ああ、あまり君の前で話すことではないな。すまない」

「いえ、僕はもうブロンドール家にはなんの感情もありません。なにか悪さをしているなら、犠牲者が増えないうちに対処すべきだと思います。むしろ、ご迷惑をおかけして申し訳ありません……」

「――ふ。それでこそ私が認めたリースハルト君だ。ヴァン、帰ったら早速動くとしよう」

「承知いたしました」

レオたちから情報を聞き出し、少し話をしたのち、シルティア卿とヴァンは領地へ戻ることになった。

どうやら、明日は朝早くから王城へ向かう用事があるらしい。忙しいのに申し訳ない……。

「――そうだ。あの、もしよろしければこちらをお受け取りいただきたく存じます」

僕はシルティア卿に、虹色の羽で作った転移の羽を渡すことにした。

お近づきの印というやつだ。

「――こんな貴重なもの、本当にもらっていいのかい？」

「もちろんです。いつでもお待ちしております」

「そうか、ではありがたく頂戴するよ。なにか動きがあればすぐに知らせよう。続報を楽しみにしていてくれ。――ああ、それともう1つ。君が作ったという、あの魔物素材を練り込んだレスミア製の短剣、とても使い勝手がよくてね。できれば長剣も作ってほしいという声が殺到しているんだ。あんなに上質で強度のある剣、見たことがないよ」

どうやら、僕が作った短剣をお気に召したらしい。

鍛冶に関する知識なんてほぼないに等しいのに、やっぱりスキルの力はすごいな！

「ありがとうございます。実は今日、ビゲスト商会へ卸したところです」

「なんと！　それはありがたい。楽しみにしているよ。――ではヴァン、戻ろうか」

「かしこまりました。リースハルト様、スイ様、失礼いたします」

こうしてシルティア卿は、自身の領地へと戻っていった。


それから1ヶ月後。

僕は男爵の爵位を授かり、正式にこのシタデル山――いや、シタデル領の領主になった。

「おめでとう、リースハルト君。これが爵位証明書だ。陛下にこの山で生産された巨大なフルーツや野菜、君が作ったレスミア製品を紹介したら、とても気に入ってくれてね。ぜひとも引き続き好きに使ってほしいと言ってくれたよ」

「本当ですか！　ありがとうございます！」

さすがは辺境伯！　うまく交渉してくれて本当に助かる！

「おめでとうございます」

「おめでとうございます、リース様！」

陛下より直々に発行された爵位証明書と勲章、土地の権利書を受け取った僕を見て、シルティア卿とヴァン、それからスイは、自分のことのように喜んでくれた。

あとで妖精たちにも教えてあげよう。人間の決めごとに興味があるかは分からないけど。

ちなみにシルティア卿によると、貴族の間では今、巨大作物が大注目されているそうだ。

狙い通り人目につく場で消費されているようで、その噂は瞬く間に広まったという。

この調子なら、レオたちもあっという間に豊かな暮らしができそうだな。

前回の分で、既に当分困らず生活できるくらいにはなったけど。

これまで苦しんできた分、彼らにはぜひとも幸せになってほしい。

「それから、これは私からの手土産だよ。たくさんあるから、あとでみんなと食べるといい」

「お土産まで！　恐縮です。お心遣いありがとうございます」

「領内にあるお気に入りのチョコレート店のものでね、ぜひ君にも食べてほしいと思ったんだ。山の中だと、お菓子もなかなか手に入らないだろう？」

チョコレート！　前回町で買いそびれたと思ってたから嬉しい！

この世界でチョコレートは高級品の部類だから、ブロンドール家でも滅多に食べられなかったけど。でもたまに、無性に食べたくなるんだよね。

「大切にいただきます」

「うちの領にはおいしいお菓子の店がたくさんあるから、また紹介するよ。君とはいい関係を築いていきたいと思ってるんだ。なんといっても、本当の意味で神様に選ばれた子だからね」

シルティア卿はそう言って笑った。

「こちらこそ、これからもよろしくお願いいたします」

「そうだ、せっかくだし、これを機に領主として相応しい屋敷を建てるのはどうだろう？」

「屋敷、ですか？」

たしかに、だんだん物が増えてきて手狭になりつつある。

収納用の倉庫は建てようと思ってたけど、家自体を大きくするというのも手かもしれない。

「もしよければ、私からプレゼントさせてくれないか？　受爵のお祝いだ」

「えっ!?　そ、そんな、これ以上のご迷惑は――」

「私がそうしたいんだ。どうしても嫌だと言うなら引き下がるしかないが」

「い、嫌だなんてとんでもない！　……ではその、お願いしてもよろしいでしょうか？」

また妖精たちに作ってもらおうと思ってたけど、シルティア卿との関係を強固なものにするためにも、ここはありがたく彼から頂戴しておこう。

「よし、分かった。場所はこの辺りでいいのかな？　近々、信頼できる人員と素材をこちらへ送り込もう」

「はい。ありがとうございます！」

僕の屋敷かあ。いったいどんなのができるんだろう？

屋敷が手に入れば、スイにももっと快適な生活を送らせてあげられる。楽しみだな。

◇◇◇

場所は変わって、ブロンドール領のブロンドール伯爵邸。

借金がかさみ、シルティア卿からの融資の件もなぜか白紙となって、没落寸前のブロンドール家は窮地に追いやられていた。

「くそっ！　うちがこんな状態だというのに、あの忌々しいリースハルトは今やシルティア辺境伯領で大儲けしているそうじゃないか。育ててやった恩を返そうとは思わんのかあいつは！」

「本当、どこまでも役立たずで気の利かない子どもですわ！」

噂で聞いた話によると、リースハルトは男爵の位を受爵し、辺境の地の領主になったらしい。

先日別件でうちを訪れたシルティア卿が、「ブロンドール卿の亡くなったご子息と同じ名前の子が、うちの領で大活躍している」とご丁寧に教えてくれた。

まさか気づいているのではなかろうな⁉

ガイナスは苛立ちを隠せず、悔しさに任せて壁を殴りつけた。

「――ったく、悪運の強いヤツめ。あいつはきっと悪魔なんだ。そうに決まっている」

「あの子は確実に、遠方の危険地帯へ飛ばしたはずですわ。なのに生き残るだなんて――」

なぜ生き残れたのかは分からないが、シルティア領では今、リースハルトが作ったという謎のアイテムバッグが流行っており、レスミア製の短剣や長剣で兵力も高まって一層栄えているらしい。

だが、病死したことにして葬儀も済ませている以上、うちの息子だと言って手柄を横取りすることもできない。

それに、黒髪黒目で目立つリースハルトのことはあまり人に見せていなかったため、今は「病死した息子」と結びついている人は少ないが。下手をすればそれも知られてしまう。

ガイナスたちにとって、今のリースハルトは百害あって一利なしだった。

「そうだわ！　あなた、あの子を秘密裏に探させて連れ戻しましょう！　戻ってきたら幽閉して、監視をつけてうちでアイテムを作らせればいいんです！」

「――なるほど、それはいい考えだ！　あいつは気が弱いし、どうせ私たちには逆らえない。――よし、そうと決まれば早いほうがいいな。ルード、なんとしてもリースハルトを捕らえて連れ戻すんだ！」

「どんな手段を使っても構わないわ。でも、必ず生け捕りにしてちょうだい。うちの命運がかかっているのを忘れないこと。いいわね？」

「承知いたしました」

ガイナスとエヴィノアは、執事であるルードにリースハルトの捜索を命じ、顔を見合わせて嫌な笑みを浮かべた。

第十一章　シタデル領は今日も平和です！

僕が男爵になり、シタデル山がシタデル領として認められてから1年が経った。

山へ来た当初は5歳だった僕もいまや7歳となり、身長も少しだけ伸びた気がする。

先日、シルティア卿から受爵祝いにいただいた屋敷がついに完成し、改めてここの領主としてスタートを切ったところだ。

また、シルティア卿やビゲスト商会の紹介で移住してきた人もいる。

移住してきた人々は、自活を望むレオたちに簡単な読み書きや計算を教えたり、自らの特技を活かした職業訓練を行なったりしてくれている。

「ここは本当に空気が澄んでいて癒やされるね。心が洗われる気がするよ」

この山を気に入ったシルティア卿は、なんと別荘まで建ててしまった。

場所は同じ山頂の平野部分だが、位置はかなり北のほうで、ここからは少し距離がある。普通に歩けば、大人の足でも30分から1時間はかかるだろうか？

僕たちの生活を邪魔しないよう、彼なりに配慮してくれたのかもしれない。

「シルティア卿が懇意にしてくださるおかげで、僕としても領の安寧が保たれて本当に助かります」

「いやいや、私なんかより君のほうがよっぽどすごいじゃないか。私の力は所詮、親から受け継いだ金や権力の類でしかない。もちろん、それなりの魔力はあるけれどね。それに比べて、君の力は完全に人知を超えている。神に選ばれし人間というのは、君のような人を言うんだと常々感じているよ」

シルティア卿は、そう言っておかしそうに笑う。

養子になったわけではないが、今や彼とは家族のような関係になりつつある。

「――ああ、そういえば、君のご両親が君のことを探しているようだよ」

「えっ⁉　でも僕は、死んだことになっているはずでは？」

「うちの領で怪しい動きをしていた者がいてね、捕えて話を聞いたところ、どうやら君をブロンドール家へ連れ戻すよう命じられていたらしい。ブロンドール家の家計は、今や火の車だからね。君が作り出す魔道具で借金を返済しようと考えたのかもしれないな」

えええ……。

というか、家計が火の車だなんて知らなかった。

まああれだけ金遣いが荒ければ、そうなっても全然おかしくないけど。

「そうだったんですね。でも僕を頼るなんて、プライドの高い父上がそんなこと――」

「ブロンドール卿が君を追い出してから、あの領は変わってしまったんだ。作物が枯れて、流行り病で混乱が生じ、彼が手を出していた商売もうまくいかなくなった。領民も離れていく一方だ。おまけに最近、病死したとされているブロンドール伯爵家の令息とリースハルト君が同一人物なんじゃないかと、噂も広まり始めている」

まあどう見ても同一人物だからね！

名前もそのままだし、変装しているわけでもないし。

僕はあまり人前には出てなかったけど、それでもうちへ来た貴族、特にうちより位の高い貴族には、挨拶程度の顔出しはしている。

後々の面倒ごとを避けるために挨拶はしておけと、父上に命じられたからだ。

黒髪は珍しいから記憶にも残りやすいだろうし、知れ渡るのも時間の問題だろう。

『ふふっ、【神の祝福】を持つリースハルトを追い出したのだから、当然ですわ！』

『当然の結果なの！　ふんっ！』

『まあ、リースハルトがここへ来た時点で、こうなることは分かってたよね』

ドヤ顔で誇らしげに話す妖精たちの言葉に、スイもうんうんと強く頷いている。

「私を屋敷に置いてくださったこと、リース様と出会わせてくださったことには感謝しています。でもリース様に対しての数々の言動は、到底許せるものではありません」

「――そうだね。彼らにはきっちりと罪を清算してもらうつもりだ」

「あはは。でもそんなことになってるなら、万が一捕まれば僕たち今度こそ殺されそうですね……」

「うーん、どちらかというと、奴隷のように死ぬまで働かされるんじゃないかな？　ブロンドール卿も、今の君を殺すほど愚かではないだろう」

それはそれで嫌だよ！　怖い！

「――とはいえ、もう身柄の拘束も目前のところまで来ているし、気になるなら今のうちに一度くらい会っておくかい？　その場合は、念のために私や護衛も同行するが」

シルティア卿によると、どうやらあの一家は最近家族ぐるみであくどいことをしていたらしく、次々と余罪が発覚していているらしい。

ほかにどんな罪をどれだけ犯しているかが掴めていないため、密かにスパイを送り込み、監視をつけて泳がせているところだと教えてくれた。

――なるほど、それで未だ拘束されてないのか。

「いえ、むしろ二度と会いたくないです。僕にはもう仲間もいますし」

「――そうか。その仲間には、私もカウントされているのかな？」

「うえ!?　い、いや、それはさすがにその……恐れ多いといいますか……」

「あっはっは。相変わらず君は謙虚だなあ。でも私は、君のことを息子のように思っているよ」

「あ、ありがとうございます……」

爵位を得たとはいえ、僕は男爵だ。

貴族の中では一番下で、辺境伯である彼とは到底釣り合わない。

——でも、あのとき町へ出て本当によかった。

僕が今こうして堂々とシタデル山にいられるのも、ビゲスト商会の２人とシルティア卿のおかげだ。

レニックスが幸運を授ける鳥だというのは、どうやら本当みたいだな。

いつかまた会うことができたら、そのときはなにかお礼ができるといいんだけど。


それからしばらくしたある日。

「——えっ⁉　ブロンドール一家が消息を絶った⁉」

「はい。監視はつけていたのですが、彼らも貴族として高い魔力を有しています。監視の目をかいくぐって逃走したのでしょう」

単身でやってきたシルティア辺境伯家の執事ヴァンから、耳を疑うような報告を受けた。

どうやら借金が返せなくなって窮地に追い込まれた彼らは、夜逃げをする形で消息を絶ったらしい。

伯爵家としてそれなりに栄華を誇っていたブロンドール一家も、今や指名手配犯——か。

「そ、それはなんというか……多大なご迷惑をおかけして申し訳ありません……」

「そんな、リースハルト様はむしろ被害者です。こちらこそ、監視の目が行き届いておらず申し訳ありません」

もう関係ないとはいえ、元家族が迷惑をかけていることに心苦しさは感じるわけで。

僕としては、どうにか早く捕まってほしいと心から願うばかりだ。

にしても、いったいどこへ逃げたんだろう？

——まあでも、家財道具を売れば一時的にそれなりの額は手に入るはずだし、それを渡せば匿ってくれる人もいるだろうな。

領民たちは、ブロンドール一家の状況なんてろくに知らないだろうし。

今後のためにも懇意にしておきたい、なんて考えにいたってもまったくおかしくない。

そんなことを考えながら、ヴァンと話をしていると。

「ピィイイイ！　ピピッ！」

以前レオたちの存在を知らせてくれたシロエナガがやってきた。

この子は山の情報伝達係なのかな？

「ピピッ！　ピィッ！　ピピピ」

『なんですって⁉』

『——へえ？　これはこれは』

妖精たちは、なにやらシロエナガと話をしているようだ。

気になるけど、ヴァンさんの前で妖精たちに話しかけるわけにはいかない。

僕とスイだけ仲間外れなんてずるいぞ！

『リースハルト、ちょっと用事ができたからまたあとでね』

えっ――!?

『大したことじゃありませんわ。ふふっ』

『リースハルトは知らなくていいことなの！』

えええええええええええ。

なんだよすごく気になるんですけど!?

「いや、あの、ちょっ――」

「リースハルト様？　どうされました？」

「えっ!?　あっ、いや、なんでもないです……」

身動きが取れず話しかけることもできない僕とスイを置いて、シロエナガと妖精たちはあっという間にどこかへ飛んでいってしまった。

◇◇◇

場所は変わり、シタデル山の麓から少し離れた森の中。

もう何百年も人が通っていないであろうその場所に、３人の姿があった。

ブロンドール家の当主ガイナスと長男のレイノス、次男のヴィレクだ。

使用人にスパイが紛れ込んでいることに気づいたガイナスは、魔法を駆使して秘密裏に準備を進め、イチかバチかで転移魔法を発動させて逃亡を図ったのだ。

転移魔法は危険度が高く、下手をすると命を落としてしまう。

だが、部下たちの転移魔法ですらリースハルトを生かしたままどこかへ飛ばすことに成功した。――してしまった。

それなら自分たちにできないわけがない。彼はそう思った。

そして実際に転移は成功し、３人はこの場所へたどり着いたというわけだ。

ちなみに彼の妻エヴィノアは、先日残っていた宝石類を持って行方知れずになってしまった。

恐らく、自分だけでも助かろうと宝石をエサにし、誰かのもとへ助けを求めたのだろう。

「ち、父上、このような場所へ転移して、これからどうするおつもりですか？」

「人がいない辺境の地には、恐ろしい魔物がいると聞きますよ」

「やかましい！　情けないことを言うな！　あのリースハルトですら生き延びたんだ。我々の脅威になるはずがないだろう！」

不安げに身を寄せ合うレイノスとヴィレクに、ガイナスは怒りを顕わに怒鳴り散らした。

周囲は見渡す限り森で視界も悪く、鬱蒼と茂った木々が湿った空気を作り出している。

足下も岩だらけで苔がびっしりと生えており、こんなところで魔物に襲われればかなり不利な戦いとなってしまう。２人が不安そうにするのも無理はない状況だった。

しかし、犯罪に手を染め資金も底を尽きかけている今、ガイナスはこうする以外の道を思いつけなかったのだ。使用人や部下だって、もうまったく信用できない。

——くそっ。忌々しい。5歳まで育ててやったというのに恩をあだで返すとは。

これだから下賤の女が生んだ子どもは！

あいつさえ生まれてこなければ、こんな目に遭わずに済んだ。

あの女は悪魔で、あいつは悪魔の子だったのだ。そうに決まっている。

「我々には魔法がある。水に困ることはないし、食料だって大量に持ってきた。山には食べられるものもあるはずだ。当分ここでやりすごして、追っ手が諦めるのを待とう。再起のときは必ず来る」

そのときは必ずリースハルトを見つけ出して、あのメイド共々殺す。絶対に殺してやる。

我々ブロンドール家を敵に回したことを後悔させてやる。

ガイナスはそう強く心に誓い、２人を連れて、リースハルトが暮らしているというシタデル山を目指して歩き続けた。


『——いましたわ！　あれがリースハルトの家族ですの？』

『オーラが淀んでいるね。これはリースハルトも苦労しただろうなあ』

『こっちへ向かってくるの！　わたしたちで追い返してやるの！』

『キュイイイイ！』

シロエナガの案内で麓へ向かったライア、リアード、リュア、それから途中で合流したオコジョルを含む神獣たちは、シタデル山へ向かって森の中を進むブロンドール一家を見つけた。

『あんなに淀みをまとわせて歩いていたら、ボクたちが動かなくても勝手に魔物に襲われて自滅しそうだね』

『ですわね。でも念には念を、ですわよ！』

妖精と神獣たちは、顔を見合わせてそれぞれやるべきことをやるため散っていく。


「――くっ、次から次へとっ！」

「父上、こんなことをしていてはいずれ魔力が尽きます。その前にどうにかしなければ我々はここで――」

「そんなことは分かってる！」

ガロウやボーアは本来下級の魔物で、強大な魔力と魔法技術を有するガイナスの敵ではない――はずなのだが。この森に生息している魔物は、なぜか総じて異常な強さを持っていた。

どうやら、長らく人が立ち入らなかったことで魔物が独自の進化を遂げ、特有の生態系を築いている、という噂は本当のようだ。

調査に向かった多くの兵が帰ってこなかったのも頷ける。

「こんな場所で、あの落ちこぼれはどうやって生き延びたんだ？　戦闘訓練など受けさせていなかったはずだが」

駆け出しの冒険者でも倒せるはずのスライムに翻弄され、苛立ちが募っていく。

5年ほど前に高値で買っていたレスミア製の剣も、スライムの強力な溶解液であっという間にボロボロになってしまった。それに。

「父上、この道はさっきも通ったと思うんですが」

「うん、俺もそう思う。あの木の傷、さっき目印につけたものですよね？」

まっすぐ進んでいるはずなのに、気がつくと30分ほど前に通った場所へ戻っている。

「——幻術か？　でも魔法の気配なんてないぞ」

ガイナスは立ち止まり、注意深く周囲を警戒する。

だが、これといった気配も魔法の痕跡も感じられない。

こうなるともう、周囲の木々やちょっとした風さえ敵に思えてくる。

嫌な感覚に鳥肌が立ち、ガイナスのこめかみを冷や汗が伝った。

——せめてエヴィノアがいれば。

13歳と9歳の子どもたちは未熟で、戦闘においてはあまり役に立たない。

これ以上の強い魔物が現れれば、むしろ足手まといになってしまう。

——そうなったら、子どもたちをおとりにして私だけでも逃げ延びよう。

私が死ねば、どうせすぐに全滅するのだ。役に立って死ねるだけマシというものだろう。

ガイナスはそんなことを思いながら、しかし悟られないように、どう動いたものかと頭をフル回転させ必死で考えた。

◇◇◇

「妖精たち、どこになにしに行ったんだろうね？」

「きっと、妖精さんたちには妖精さんたちの生活や役割があるんですよ」

「まあ、それもそうか」

ヴァンが帰ったあと、僕とスイはお昼ごはんを食べながら一息ついていた。

今日のお昼ごはんは、ふわふわのパン、目玉焼きを載せたチキンステーキ、付け合わせのキャベツとトマトだ。りんごとラズベリーのジュースもある。

「お味はいかがですか？」

「うんっ、今日もおいしいよ！　チキンステーキも皮がパリパリだね！　半熟の目玉焼きと合わせるの、僕好きなんだ～」

ハンバーグやチキンステーキに載っている目玉焼きの特別感ってずるいよね！

あれって本当、なんなんだろう？

ちなみに、ミイトの木から採れる鶏肉には、固い外皮の内側に柔らかい薄皮がついている。

この薄皮が、一般的な鶏肉の皮の役割を果たすのだ。

おかげでちゃんとパリパリ感も味わえる。

「ふふっ、よかったです。レシピ本に人気の組み合わせと書かれていたので、やってみました」

スイもだいぶ料理を覚えてきたため、食事作りは当番制へ切り替えることにした。

ほかの家事はスイに任せることが多いから、一応無理だけはしないようにと伝えている。

掃除や洗濯、庭や畑の手入れも当番制にしようって提案しても、断られちゃうんだよね。

もちろん、たまに手伝うくらいはするけどさ。

その分僕は、魔物を討伐したり素材集めに勤しんで魔道具を錬成したり、領の発展に繋がる部分に力を入れている。

「レオさんたちも頑張ってますよね。妖精さんたちが作ってくれたログハウス、今は学校として大活躍みたいです。昨日、畑へ行ったら子どもたちにお礼を言われちゃいました。えへへ。私のこと、お姉ちゃんって呼んでくれるんですよ」

来たころはあくまで僕のそばに控えている形だったスイも、最近は住民たちと自らコミュニケーションを楽しむようになってきた。とてもいい傾向だ。

ただ、たまに子どもたちが「ぼく、スイお姉ちゃんと結婚する！」とかなんとか言っているのを耳にすると、ちょっとだけモヤモヤしてしまう。

スイが誰かを好きになるまでは、スイは僕のだぞ！

「……あはは。それぞれの家も完成したもんね」

「はい。子どもたちの世話はどうするんだろうって不安に思ってたんですが、なんかいい感じに分かれることができたみたいですよ」

「そっか、それはよかった。まだ小さい子もいるし、さすがに子どもたちだけじゃ暮らせないからね」

「ふふっ、一番年下の子でも、リース様と同じくらいですけどね」

たしかに！　でも僕は前世の記憶があるから——とは言えない！

途中で移住してきた人たちのおかげで、レオたちもそれぞれ手に職をつけ、身を守れるよう剣術を学び、自活に向けてどんどん進歩している。

彼らを違法に売りさばこうとした闇奴隷商人たちはすでに拘束されていて、残る脅威はブロンドール一家のみ。

彼らが無事拘束されたら、レオたちも町へ連れていく予定だ。

今は逃走して行方をくらませているが、それを野放しにすればほかの貴族へ示しがつかないからと、国の兵も動いている。捕まるのは時間の問題だろう。

◇◇◇

「――この森を抜ければ、リースハルトの領地であるシタデル山のはずなんだ！」

妖精たちの幻術に翻弄され、一向に森を抜けられないガイナスたちは、疲れ果てて休憩を取っていた。

今は3人で地図を確認し、目的地との位置関係を改めて明確にしているところだ。

「とにかく今は、リースハルトとの再会を目指す。あいつは気が弱い軟弱者だからな。私たちが目の前に現れたら、無視などできるまい」

ガイナスがそう言って鼻で笑い、子どもたちもうんうんと頷く。

『――本当に失礼な人たちなの！　リースハルトは軟弱じゃないの！』

『どっちが軟弱か、思い知らせてあげないといけないね』

「キュイ！　キュイイイイ！」

「グル、グルルルウ！」

オコジョルと、一緒に行動していた体長1メートルほどのモグラ型神獣モグールは、顔を見合わせ頷いた。

『あら、あなたたちが行ってくださいますのね！　ならわたくしも援助いたしますわ！』

モグールは地面へと潜り、そのまま3人が休憩している場所の下へ向かった。

「――な、なんだ？　地震か!?」

突然地面が揺れ始め、ガイナスは慌てて周囲への警戒を一層強める。

だが次の瞬間――。

「――っうわあっ⁉」

「ぎゃあああ！」「ひぃぃ⁉」

３人は、モグールによって即席で作られた落とし穴の餌食となり、地中へと転落した。

「――っ！　いてて……。な、なんなんだいったい⁉　なにが起きた⁉」

「兄上、邪魔ですどいてください！　重いです！」

「うるさいな。わざとじゃないっての！」

ガイナスが咄嗟《とっさ》に水魔法を放って衝撃を緩和し、一応は事なきを得た。

しかし穴は思いのほか深く、地上まではかなり高さがある。

おまけに水を入れてしまったため、穴の中で座ることもできなくなってしまった。

そしてさらに、そこに追い打ちをかける出来事が――。

「キュイイイイイイイイイイイイ！」

「――お、おい、なんだあれ⁉」

「えっ？　ひぃぃぃ⁉　ば、バケモノっ！」

地上へ繋がる穴の出口から、なんと巨大な白い生き物がこちらを覗いていたのだ。

全貌は見えていないが、骨格からして２メートルはあるように感じる。

白い巨大生物――ライアの幻術で巨大化して見えているオコジョルは、ブロンドール一家が落ちている穴へ手を入れ、ちょいちょいと引っ掻き威嚇する。

ガイナスたちには、それが自分たちを捕らえて食べようとしているように見えた。

穴の中に閉じ込められている3人は、逃げることもできずただただ青ざめる。

「お、おまえらもたまには少しくらい役に立て！　あれをどうにかしろ！」

「無茶です父上！　あんな得体の知れないもの、いったいどうやって――」

「父上こそ、ブロンドール家の当主ならどうにかしてください！」

混乱し、それぞれどうにか自分だけでも助かろうと争い始めた。

『――ふんっ、本当に醜い戦いですわね。リースハルトは山へ来て正解でしたわ』

『オコジョル、もういいよ。そろそろ終わりにしよう』

『キュイッ！』

オコジョルがどいたところで、リアードが滝のような勢いで水を流し込む。

「――っごはっ！　ごぼっ！」

「お、溺れ――っ！」

「くそっ――！　いったいなんなんだこの森はっ!?　げほっ！」

水が満ち、3人は掻き出されるように穴の外へと放り出された。

当然ながら、3人ともびしょ濡れだ。

「…………」「…………」「…………」

短時間のうちに起きた信じがたいハプニングの数々に、一同は完全に心を折られてしまった。

もうここから出られず、このまま死んでしまうのではないか。

そんな思いに支配され、その場にへたり込んで無言のまま虚空を見つめる。

「――リースハルトは、あいつはこんな場所で生き残って成功したのか？　黒髪で、黒い瞳で、魔力でも体力でもなに一つ我々に勝てなかったあいつが、本当に？　しかもメイドはなにもできない元奴隷だぞ？」

しかし、下手に動けば必ずまたなにかが起こるのだろう。

ガイナスの直感がそう警告し、撤退を促してくる。

足が震え、気づけば先へ進む気力も勇気も残っていなかった。

「ああ！　くそっ！　忌々しい！　あんなヤツに、あんなヤツに負けるなど！　死ね死ね死ね死ね死ね死ね死ね死ね死ね！」

拳で地面を殴り、それでも抑えきれない怒りに、ガイナスは正気を失ったように喚き散らす。

そんな父親の無様な姿を見て、レイノスとヴィレクは顔を見合わせ頷いた。

「……父上、私は諦めます。法の下、裁きを受けます」

「――は？」

「じゃあ俺も。俺たちはまだ子どもです。父上に命じられてやったと言えば、命は助かるで

「お、おい待て。私を裏切るのか?」

「裏切る? そもそも父上が誤った判断をしなければ、こんな目に遭わずに済んだのです。私たちの将来にこんな大きな傷をつけて、どう責任を取ってくれるんです？」

「そうですよ。自信満々で連れ出しておいて、結局この程度なんですね。見損ないました」

レイノスとヴィレクの冷たい視線が、ガイナスに突き刺さる。

呆然と動けないでいる父親を見限り、２人は立ち上がって元来たほうへと歩き出した。

「ま、待て！　おまえたち２人じゃどうせ生き残れない。せめて父であり当主でもある私の役に立って――」

そんなガイナスの言葉は、誰にも受け取られることなく森の中で散った。

「くっ――！　どいつもこいつも恩知らずのクズばかりだ。忌々しい！　こんなところで死んでたまるか！　あまり目立つ行為はしたくなかったが仕方ない。魔物共々、すべて焼き払ってくれるわ！」

◇◇◇

「ライアたち遅いね。多分近くでなにかあったんだと思うけど、大丈夫かな？　妖精は戦闘には向いてないって言ってたのに」

「そうですね……。困ったことに巻き込まれてなければいいんですけど……」

「――あ。そういえば僕、飛行魔法も使えるようになったんだった」

上空へ上がれば、もしかしたらなにか状況が分かるかもしれない。

一応、周囲が見渡せる程度には難なく上がれるようになったし。

僕は意識を集中し、風魔法と一時的かつ限定的な重力消去魔法を自分にまとわせ、同時に体内への負荷を軽減させる身体強化魔法を発動させる。

たまに練習している成果か、この同時発動にもだいぶ慣れた。

宙に浮いて周囲を見回してみたが、相変わらず山や森で埋め尽くされているだけだった。

変わった様子も特にない。

「うーん、やっぱり上からじゃ森の中までは分からないな。妖精たち、どこ行ったんだろう？様子が変だったし、なにもないってことはないと思うんだよね」

そんなことを考えながらも諦めて下へ降りようとしたそのとき。

シタデル山の麓から少し離れた位置で、なにかがキラッと光った。

「うん？　今なんか光が――」

そう思った次の瞬間、その場所から凄まじい炎の柱が上へ向けて放たれた。

火の柱はなんらかのエネルギーを持っているのか収まる気配がなく、じわじわと周囲の森を焼きながら広がっていく。

「な、なんだあれ？　え、魔法？　それとも火事⁉」

山に来てからイレギュラーなことが起こってばかりだし、あれが自然発生したなにかだという可能性も大いにあり得る。いやでも、もしそうなら尚のこと——。

「——と、とにかくこのままだと火事になっちゃう。消さなきゃ！」

僕は可能な限りの威力で水魔法を展開し、火柱が上がっている場所へ向けて全力で放った。

塊となった直径何メートルにも及ぶ水球は、高速で火柱へ向かっていく。

そしてそこで形を失い、落下した。

バケツを何千何万とひっくり返したような水が降り注ぎ、火柱のあった場所には白い蒸気がもうもうと立ち上っている。

が、どうやら消火には成功したようだ。

「——ふう、危なかった。なんだったんだろう？」

結局、上空からでは妖精たちの姿を見つけることはできなかった。しかし。

『リースハルト！　ただいま。——あれ、宙に浮いてなにしてるの？』

『ただいま。ただいまなの！』

そのタイミングで妖精たちが戻ってきた。

途中で出会ったのか、オコジョルも一緒だ。

「君たちを探してたんだよ。みんなどこ行ってたの？」

『あら。――ふふ、リースハルトが気にすることではありませんわ。ちょっとおかしな虫が侵入してきただけです。ねっ、オコジョル？』

「キュイッ♪」

ライアがオコジョルにそう話しかけると、オコジョルは逃げることなくコクンと頷いた。

『〜〜〜っ！　ねえ、今の見まして!?　オコジョルがわたくしの話に頷きましたわっ！』

ライアは頬を紅潮させ、目を輝かせながらすごいテンションで周囲を飛び回る。

「キュ、キュイイイ……」

そのテンションの高さに困惑したのか、オコジョルはスルスルと僕のほうへやってきて肩へと登り、ライアの死角へと隠れてしまった。

熱量が違いすぎるときのテンプレみたいになってるぞ！

それを見たリュアとリアードは大笑いしている。

「ふふ、ライアさん、本当はオコジョルが大好きなんですね」

『うう……どうして逃げるんですの!?　でもでもっ、いつか必ず手懐けて見せますわっ！』

『いやいや、そんなこと言ってるから逃げられるんだよ。ライアは本当に残念だよね』

ライアがオコジョルと仲良くなるには、もう少し時間がかかりそうだ。

謎の火柱事件からしばらく経ったある日。

シルティア卿が、ついにブロンドール一家が拘束されたと教えてくれた。

義理の母であるエヴィノアは、領内の商家に隠れ潜んでいたようだ。

そして父上と兄2人はというと、なぜかシルティア辺境伯領の外壁の外で放心状態になっているのを発見されたらしい。

その姿はボロボロで魔力も回復できないほどに疲弊しており、捕らえて状況を聞き出そうにも怯えて訳が分からないことを口走っているという。いったいなにがあったんだろう？

——まあでも、無事捕まったならいっか。

これでレオたちも安心して町へ行けるし！

「シルティア卿、この度はブロンドール一家の拘束に尽力してくださり、本当にありがとうございました」

「ああ。無事拘束できてなによりだよ。ブロンドール領についてだけど、拘束された彼に代わって君が領主を務めてもいいし、興味がなければ私の部下に任せてもいい。どうする？」

「えっと……僕にはブロンドール領の領地経営は荷が重すぎます。できれば、引き続きこの山での暮らしを続けたいです。ここには素敵な仲間もたくさんいますので」

それに、ブロンドール一家が支配していたあの辺りには、黒髪を貴族と認めない風習が色濃く染みついている。領民たちも僕が領主では納得しないだろう。

「――ふ、ははっ。君はそう言うと思ったよ。まあまだ7歳だし、なにより君は、神によってこの山の所有者に選ばれた人間だ。やりたいようにやるのがいいだろう。ブロンドール領のことは、こちらでどうにかしておくよ」

シルティア卿は、そう言って笑った。心強い！

「ありがとうございますっ！」

「……シルティア辺境伯様、それからリースハルト、スイ、我々を追っ手から解放してくださり、本当に、本当にありがとうございましたっ！」

「ありがとうございました。これで私たち、恐怖に怯えずに暮らせます」

レオとラルを含む元奴隷たちは、涙を流して喜んだ。

その様子に、周囲の人たちもうんうん頷きながらもらい泣きしている。

その中には、シルティア卿に連れられて初めて山へやってきた、ビゲスト商会のエフィックとイリヤもいた。

「それにしても、魔道具が作れるから貴族のご令息だろうとは思ってたけど、まさかリースハルト君――いや、リースハルト様本人が爵位持ちだったとはね。驚いたよ」

「本当よ。しかもこんなに美しい領地まで持ってるなんて！　でもなんか、レア素材を惜しげもなく使っている理由が分かった気がするわ」

エフィックとイリヤは周囲を見回し、その美しさにうっとりしている。

「いやいや、僕のことはこれまで通り気軽に呼んでください。僕が男爵になってこの土地を正式にいただけたのは、お2人のおかげなんですよ」

ほかの商会だったら門前払いされていた可能性も高い。

もしくは、適当に安値で買い叩かれていたかもしれない。

今の僕があるのは、間違いなくシルティア卿との繋がりを作ってくれた2人のおかげだ。

「今日は、ここで暮らすみんなにとって記念すべき日だ。盛大に祝うとしようじゃないか！ヴァン、準備はどうだ？」

「はい。着々と進めております旦那様」

「お祝い素敵ですね！　それなら僕たちも――！」

「はいっ！　準備しましょう、リース様！」

「俺らにも、できることがあればぜひ手伝わせてくれ」

シルティア卿の一言をきっかけに、一気にお祭りムードが高まっていく。

やっぱりこの人はすごいな。

「エフィック、君も今日は飲むだろう？」

「いいですね、喜んでお付き合いいたします！　――君たちも成人済みなら一緒にどうかな？お酒は好きかい？」

「えっ？　でも、俺らが辺境伯様と飲むのはさすがに……」

「私は自分の年齢が分からなくて……」

エフィックに声をかけられ、レオたちは顔を見合わせうろたえる。

「今日は無礼講といこう。もちろん、お茶でもジュースでもいい。無理に酒を飲ませるような真似はしないから安心しなさい」

「お、恐れ入ります。ではご一緒させていただきます」

くっ、成人してるレオが羨ましい！　僕だって本当は飲みたいのに！

ここでの成人は18歳だけど、まだまだ先は長いな……。

「それじゃあ、いったん解散してそれぞれ準備を進めよう。会場はここ、リースハルト君の――シタデル男爵邸の庭園でいいかな？」

「はいっ！」

――ここまでいろんなことがあったけど、本当に素敵な仲間がたくさんできたな。

1年ちょっと前の僕には想像もできなかった世界だ。

前世のパワハラ上司やブロンドール家のみんなが見たら、さぞ驚くだろうな。ふふ。

まあ見せたくないし、もう二度と関わりたくないけど！

スイも、ブロンドール家にいた頃よりずっと明るくなったし、心がほぐれてきた気がする。

最初はどうしようかと思ったけど、あの場所から連れ出せて結果的にはよかったのかな。

ここならおいしいものも食べ放題だし！

和気あいあいとお祝いの準備について話すみんなを眺めながら、改めて最近のあれこれを思い返し、心がじんわり温かくなるのを感じた。

「リース様、せっかくなのでお菓子作りにチャレンジしてもいいですか？　ずっとバロンとラズベリーでタルトを作ってみたかったんです」

「もちろん！　スイが作るお菓子、楽しみにしてるね！」

――さて、僕も準備しなきゃ。なにを作ろうかな？

まずはシルティア卿にメニューを聞いて、かぶらないようにしなきゃ！

今日はめいっぱい楽しむぞ！

【第一巻　完】

あとがき

はじめましての方もそうでない方も、こんにちは。ぼっち猫と申します。

この度、グラストＮＯＶＥＬＳさんからは初となる書籍、『追放令息のゆるり辺境山暮らし～未開の山奥に飛ばされましたが、万能スキル【アイテム錬成】で開拓したら、理想の領地になりました～』が発売となりました。

本書をお手に取ってくださり、最後までお読みくださり、本当にありがとうございます！

（あとがきを先に読む派の方も、きっと本文も読んでくださると信じてます笑）

そして駆け出し作家である私の作品に興味を持ち、お声がけくださった担当編集さんには感謝してもしきれません！

本作はぼっち猫にとって初めての完全書き下ろし作品で、白紙状態から企画やプロットを出しつつ、担当編集さんやライターさんにご意見をいただきながら作り上げました。貴重な経験をさせてくださりありがとうございます。

また、素敵なイラストを描いてくださったＲｕｉｅｎ先生にも、心より感謝申し上げます。

この「追放令息のゆるり辺境山暮らし」は、「こんな美しい山で悠々自適な暮らしができたら楽しそうだな」という、私の願望と妄想から生まれた作品です。

何のしがらみもない中で、チートスキルを持ちながら信頼できる仲間たちと快適スローライフを満喫する生活、憧れませんか？

私はとても憧れます。正直、リースハルトが羨ましくて仕方がないです（笑）。見たことのない世界へ足を踏み入れて、そこにしかないものに触れながら気の向くままに冒険する。規模はまったく違いますが、私自身もそういう旅が大好きです。なので、今回こうした話を書かせていただけて、とても楽しかったです。個人的に、スイがリースハルトを好きすぎて変態っぽさが滲み出ているあたりや、妖精ライアの残念っぷりも気に入っています。

皆さんはどんなところがお気に召しましたか？

もし「ここがよかった！」「このキャラクターが好きです！」などのご意見・ご感想がありましたら、ぜひファンレターやX（旧Ｔｗｉｔｔｅｒ）で教えていただけると嬉しいです！　ファンレターの宛先は、巻末の奥付に記載されているようですよ！（↑アピール）

２巻以降が出せるか否かは、ぶっちゃけるとこの１巻の売り上げ次第となります。

２巻、出せたらいいなあ。最後に改めて、本作品に関わってくださったすべての方々、お手に取ってくださった方々に厚くお礼申し上げます。またどこかでお会いしましょう！

ぼっち猫《ねこ》

『追放令息のゆるり辺境山暮らし ～未開の山奥に飛ばされましたが、万能スキル【アイテム錬成】で開拓したら、理想の領地になりました～』

2024年12月27日　初版第1刷発行

著　者　ぼっち猫

発行人　菊地修一

発行所　スターツ出版株式会社

〒104-0031　東京都中央区京橋1-3-1　八重洲口大栄ビル7F
TEL　03-6202-0386（出版マーケティンググループ）
TEL　050-5538-5679（書店様向けご注文専用ダイヤル）
URL　https://starts-pub.jp/

印刷所　大日本印刷株式会社

ISBN　978-4-8137-9403-5　C0093　Printed in Japan

［ぼっち猫先生へのファンレター宛先］
〒104-0031　東京都中央区京橋1-3-1　八重洲口大栄ビル7F
スターツ出版（株）　書籍編集部気付　ぼっち猫先生